KB055986

샴토마토

김하늘
2012년 『시와 반시』를 통해 시인으로 등단했다.

파란시선 0008 샴토마토

1판 1쇄 펴낸날 2016년 11월 15일
1판 4쇄 펴낸날 2023년 11월 10일
지은이 김하늘
디자인 최선영
인쇄인 (주)두경 정지오
펴낸이 채상우
펴낸곳 (주)함께하는출판그룹파란
등록번호 제2015-000068호
등록일자 2015년 9월 15일
주소 (10387) 경기도 고양시 일산서구 중앙로 1455 대우시티프라자 B1 202-1호
전화 031-919-4288
팩스 031-919-4287
모바일팩스 0504-441-3439
이메일 bookparan2015@hanmail.net

ⓒ김하늘, 2016, printed in Seoul, Korea

ISBN 979-11-87756-00-2 04810
       979-11-956331-0-4 04810 (세트)

값 10,000원

샴토마토

김하늘 시집

마치 그것이 생래적인 것처럼,

다만

쓴다

차례

시인의 말

제1부

제2부

제1부

블랙커프스홀
—Pour Malena

망가져야 해

거울에 반사된 내 알몸이 식상해 그럴 때면 애인의 물
건을 훔치곤 하지 대리운전 번호가 찍힌 라이터나 면도기
또는 자위를 하고 난 뒤의 휴지 뭉치 그게 아니어도 좋아
잘 입지 않는 드로즈 팬티나 페라리 블랙 냄새가 미미하
게 묻어나는 커프스 한 짝 비교적 작고 사소할수록 좋아
눈치 채지 못할 정도의 가벼운 것들

훔쳐 온 가위는 유용했지 내 흑발 머리를 들쭉날쭉하
게 만들었어 생머리 여자들은 주로 간교하거나 신경질적
이지 올곧은 몸을 돌보거나 지키지 난 그런 여자들에게서
매너리즘을 느껴

지겨워지겨워지겨워(데이트가) 지겨워지겨워지겨워(브
래지어가) 지겨워지겨워지겨워(흔들리는 젖가슴이) 지겨
워지겨워지겨워(지겨워)

더 망가져야 해

훔쳐 온 식칼에 내 이름을 쓰고 싶어, 기억이 안 나, 사
람들이 나를 말레나라고 불러, 내 이름을 나는 영영 몰라,
섹스는 질려, 자궁으로 식칼을 밀어 넣는 편이 낫지, 거
기엔 환멸이 없어, 뻔하지 않은 상처와 흉터는 아름다워

오늘 밤,
난 드로즈 팬티를 입고 장미 덩굴을 밟아
살갗을 터트리는 그 수많은 가시들,
발바닥에 엉기는 피가 속살거리며 되묻곤 해
넌 아직도 죽지 못했니?
병신,
오, Merde!

나날이거부하는것들이많아졌고그거부에내가있고네
가있어(도대체얼마나더저질이어야하는거지?)거울은깨
졌고사실난점점사라지는연습중이야죽을날짜를고민하
는여자는까다롭지도않아깨진거울의파편에침이나뱉자
개같아똥이나빨아!(항문이주는구원도퍽낭만적이지않
아?)

내일은 또 어떤 방식으로 사랑스러워져 볼까

레쩨로의 밤

나는 지옥에서 네 이름을 쓰고 있고
너는 밤새도록 몽정을 했다

10시 21분에서 10시 22분으로 넘어가는 순간을 봤다
그 1초 동안 나는 평생을 산 것 같았는데
어느 날 숙변처럼 네가 빠져나가고
한동안은 인생이 엉망이 되겠지

레쩨로, 레쩨로
내가 잃어버린 사라진 목소리로
네게로 종종거린 노래로
레쩨로
레쩨로
리릭 레쩨로

네 감상은 착불이야

＊

나는 딸기 먹는 법을 잊어버렸고

너는 사는 게 숏버스* 같다고 말한다

못마땅한 것들을 위해 기도했다
하다못해 텔레비전 채널 2번부터 70번까지
왕복 두 번씩 돌리는 작업이라도 할 것
비관을 쥐어짤수록 휘발되는 무색의 언어

레쩨로, 레쩨로
노란색 허리띠로 목을 매고
노래를 불렀던 기억으로 노래를 부르고
레쩨로
레쩨로
리릭 레쩨로

나는 영영 괜찮지 못하고 네 인격은 영영 낭비였어

●「숏버스(Shortbus)」: 존 캐머런 미첼(John Cameron Mitchell) 감독의 2006년 작 영화.

바나나 실루엣

무드등이 꺼지면
구두끈으로 수갑을 채워 줘요
하얗고 노란 오너먼트가 전립선으로 흘러
빌어먹을빌어먹을빌어먹을
눈키스가 좋아요,
너나없이

손가락이 열 개가 아닐까 봐 불안한 걸
상관있는 물음은 생략해요
조련당한 혀에서 끓는 소다수
그늘에서만 자라는 바나나 나무였죠
빌어먹을빌어먹을빌어먹을
토파즈 빛 선인장을 끌어안는
완벽한 허-그

오오, 나를 더듬는 운지법
사천칠백이십이번으로 불러 줄래요?
나는 프랑스에서 미쳤거든요
z u t z u t z u t
필요하지 않은 기억에만 기생하는

성모의 벌레처럼
예의바른 bisou를—

침대맡으로
와요, 바나나의 무게를 나눠요
방 한 칸의 시세만큼만
애인 행세를 빌어먹을빌어먹을빌어먹을
다정히 죽어 간 무당벌레 한 쌍으로
이 계절의 흙은
너무 관능적이야

빌어먹을빌어먹을빌어먹을
몽, mon, 모나무르— mon amour—

너는 없고 네 분위기만 남았어

너는 없고 네 분위기만 남았어
둘이었던 골방에선
늘 오래된 알약 냄새가 나
2인용 빨간 소파에 달라붙어 앉아
수플레를 먹고, 에이드도 마셨지
우리의 혈액은 아직 따뜻했고,
새벽달이 뜨는 날이면
서로의 몸에 오줌을 누는 것으로 영역을 확인했어

아, 얼마나 로맨틱한지 몰라

너는 없고 네 분위기만 남았어
침대는 좁고, 가진 건 5달러뿐이었지만
아무렇게나 뒹굴고 혀를 섞었지
브룩클린으로 떠나는 표를 끊던 날
너는 제일 야한 팬티를 챙기며
이걸 입고 반하지 않는다면 그건 무효야,
끼죽끼죽 웃었고
그게 우리의 마지막이라는 걸 예감하듯
우리는 우리만의 건기를 견뎠으나,

마침내 네 분위기만 남았어

네 눈물은 짜지 않았고,
총천연색으로 빛났고……

기억할 수 있는 건 다 하찮지 않아
네게서 무용한 것은 하나도 없었어
네 분위기마저도

버진 로드

Contrahit orator, variant in carmine vates.
(웅변가는 요약하고, 시인·예언가는 노래 속에서 장식한다.)
—엠마누엘 알바레즈

망고,
라고 발음하면 어떤 실루엣은 사라진다
빨간불일 때만 걸어가는 음성의 기질
마리아 상의 표정을 짓고도
오븐에 머리를 박으며 꾸는 꿈
나는 요약되어 운다

라 샤 끼오 삐안가
라 두-라 쏘르테

과일은 이름이 짧은 순서대로 슬프다

에 께 쏘오오-스 삐리
라 리-리 베르타

목화 리스를 목에 걸고

왼 다리를 저는 사내와 팔짱을 꼈다
버진 로드 위에서
실패한 말만 더듬었다
잉고마르 같은 멜로도
아페로도 없는
활주로

눈을 뜨면
온몸에 질 나쁜 낙서가 가득할 뿐
면도칼로 그은 오선지에서는
처녀성을 잃은 음파만이 비껴든다

야한 쇄골로
누군가는 축가를 부른다
발등에 리본을 묶어 주는 사내
동강 난 케이크 때문에
그가 그립지 않은 마음이 흔해졌다
망고주스에 밥을 말아 먹는 사람일 뿐인데
왜,

라 샤 끼오 삐안가
라–샤– 끼오 삐안가

너무 무사한 것들이 싫어졌다
무사하지 않기 위해
물비린내로 사타구니를 씻는다
남성용 변기 앞에서

물집 잡힌 맨발로 보는 해,
뭉크의 절규스러운 얼굴을 하고
수국의 색으로 거절당한 아리아를 부른다

라 리–리 베르타
라 리이–리 베르타

부케는 한 송이일 때만 섹시하다

울게 내버려 둔다

자궁폭력

혈관 밑 지하방의 불청객을 발견했나요? 아그배나무 밑동 독버섯처럼 이마를 치켜들고, 맹수 이빨에 착지한 순록의 살점처럼 숨어 있어요. 편의상 어른 1, 어른 2, 3, 4……라고 부릅니다. 양손엔 가지샐러드랑 지렁이샌드위치뿐, 칠면조 요리도 레몬에이드도 없습니다. 낮이 익어, 깐 마늘처럼 반질한 그들은 어디서 왔을까요? 이틀 전, 은하철도 999의 삼등칸에서 봤을까요? 아저씨, 발가벗겨진 메텔에게도 안부 꼭 전해 줘요.

햇살은 폭력적으로, 바람은 나쁜 의도로 붑니다. 내 몸을 까부수고 어른 대역을 맡은 엑스트라들은 들어오고 곧 죽어 가요. 초대장이 없는 불한당들입니다. 작별할 때는 꽃물 든 손수건, 꽃물 든 손톱 끝으로 흔들어 줍니다. 미성숙한 鬥이 베푸는 최소한의 배려입니다. 아저씨들, 클레멘타인을 불러 드릴까요? 넓고 넓은 도시 곳곳, 지붕 없는 지하방들. 11살의 눈물과 생후 20분 된 기린의 허벅지로 흐릅니다. 아빠, 당신은 도무지, 비밀이에요.

나는 늘 아파

딸기밭을 걷고 있어
자박자박 네게로 가는 길이야
네게선 절망적인 맛이 나는구나
11월의 모든 날은 너를 위한 거야
그러니 날 마음껏 다뤄 줘
고양이처럼 내 쇄골을 핥아 주면 좋겠어
까끌까끌한 네 혀에선 핏빛이 돌겠지

한번 으깨진 마음은 언제쯤 나을까
궁금한 게 너무 많아서 나는 나를 설득할 수가 없어
그래도 네게선 딸기향이 나
세상이 조금 더 우울해지고 있는데도
너는 맛있고 맛있고 맛있어
심장이 뛰어
어느 날 내가 숨을 쉬지 못하면
얌전한 키스를 하면 돼
맛있겠다

그런 식으로 바라보지 마
너는 미소 짓는 법을 다시 배워야겠구나

푸른 박쥐처럼 날고 싶어

밤이 오면 나방 떼처럼 아무 곳이나 쏘다니겠지

온몸에 멍이 들고, 눈물로 얼룩진 발목

쓰다듬어 줄래?

관자놀이 밑을, 턱 선을, 감은 눈을

그러니 날 마음껏 다뤄 줘

나는 늘 아파

아파

플로럴 폼이 녹는 시간

  73일 동안 내 발목은 라피아로 감겨 있었지, 장미 한 송이를 아랫배에 심던 날부터 우리는 서핑 보드 위에서 석류를 핥았지, 그날 내 것 네 것의 돌기들이 음악적으로 솟아올랐을 때, 예감했었어 내 발바닥은 요원한 그림자만 그리게 되고 너는 이인증을 앓게 될 것을, 꽃나이프로 장미 줄기를 자르고 손톱을 자르고 손목을 자르고 있을 때만 식욕이 돌았어, 바다 맛이 그리웠지, 플럼 푸딩을 욱여 먹던 기억처럼 호흡법을 잊고 빨간 눈알을 움켜쥐면서 소금을 입에 물고 웃었어 발작하듯,

  파도가 겹 투영되는 날이면 네 생리대 냄새가 나, 용기를 냈지 울지 않는 대신 도미노를 세웠어, 잠들지는 못 해 주인 없이 떠다니는 서핑 보드처럼 며칠은 방부제만 먹고 잠을 청했지, 혀가 찢어지고 언 귀에 코사지가 달리는 밤들, 상상해도 돼 고동색 플로럴 테이프로 겨드랑이 털을 뜯는 정도는, 우리는 (마치) 겨울 같은 (마치) 무명 옷감 같은 흰색이곤 했지만 몇 달은 끔찍한 양의 생크림을 먹어 치우기 위해 잘라야 할 손목들이 많았어, 흰수염고래들에게 못 다한 욕도 많은데,

위험해, 고무호스로 숨을 들이키면 발목이 차가워지거든, 세금 납부는 해야지 보드숏을 입고 젖통을 부딪친 값으로 바다를 가르며 −500도로 얼어 갔던 우리니까, 너는 내일의 흉터를 갖고 오늘은 핀업걸처럼 사랑스러워, 내 세계를 핥아 주겠다며 피멍 든 사과를 깨물지만 난 조커처럼 비닐봉지를 뒤집어써, 죽이잖아 데시벨이 높은 눈물은 내 것 네 것도 아닌가 봐 부끄러운 겨울이니까 장미도 라일락도 피겠지, 또 그런 겨울이야, 물 냄새 모르게 방수 시계가 사라졌거든 지금부터가 잔인한 거야, 봄이잖아

늪, 야상(夜商)

1

야트막한 창 너머 당신을 알아요, 황벽나무 뒤의 술책
가, 얇은 꿈, 마른 늪, 절규하는 짐승들의 발자국, 허적허
적, 아, 하지만 모든 건 꽃씨로 사라져,

여기에 이상스러운 세상의 끝이 있어요, 여기서 이기적
으로 붉은 석류 알이 터져요, 소녀의 허벅지가 부당하게
열리면, 멸종하는 송사리 떼 무덤만 무더기로,

2

입천장 끝으로 끈끈한 밤, 꽃이 피면, 비장한 표정으로
방문을 잠그는 소녀, 흰 새벽의 사슴처럼 맹독의 울음을
참아 내요, 아빠는 밤마다 자신의 성욕을 이해시켜 왔지
만, 오늘도 창틀에는 거미 시체 하나가 더 늘었을 뿐, 세상
이 조금 더 비틀어졌을 뿐,

구름 사이로, 밤이 잔기침처럼 터져 나오는, 어쩌면 불
온한 폐허에나 어울릴 법한 이 풍경은, 고작 제2외국어 시

험을 앞둔 무고한 여고생의 방, 자멸하는 꽃씨의 곡예가 있는 방, 손잡이가 고장 난, 문, 간, 방,

3

낙심한 형광등 그늘 아래, 14페이지, 아무런 것이나 읊조린다, 굴욕의 구조는, 지퍼를 내리는 일만큼 단순하다는 것, 베토벤 소나타 비창 2악장은, 가장 잔인한 부녀 관계에나 적격인 음악이라는 것, 병든 개의 부드러운 증오는, 절망의 또 다른 이름이라는 것, 인간 최후의 비린내에는, 새삼스레 비극이 없다는 것, 밤안개도 바지춤을 추켜올리는데,

이젠 내 얼룩을 몰라주었으면, 앓은 꿈, 곪는 늪,

Oh, My Zahir!

한 손바닥 안에서 물크러지는,
검게 쪼그라드는 너를 긁어 줄게
자글자글한 주름에 깃든 날콩 냄새
누구의 악의도 없어서 좋아

내 입속에서 살이 찌고 산란하는 너
너의 자하라, 나의 자히르!
너는 오로지 젖꼭지 위에서만 나부끼렴

응혈된 눈동자로 네 그림자를 빨고 싶어
발바닥 누런 굳은살에 뺨을 비비는 건 어때
내 허리가 바퀴살처럼 둥글어지겠지
너의 거뭇한 볼을 코앞에서 흔들어 줘,
네 숨과 내 숨을 학살해 줘,
우리 혈액형을 묻지 마,

말로나 목발질하는 사랑 ‖ 꼿꼿해 빠졌어
은밀하지 않은 것들은 모두 추해 ‖ 진짜 싸구려지
네 볼만큼 예쁜 게 또 있니 ‖ 숭배할 정도야
섭섭지 않게 ‖ Lick me! Lick me! Lick me!

버찌보다, 체리보다, 달콤해, 시큼해 ‖ 흡흡, 쿵쿵
뼈가 보이게 신음해 봐 ‖ 자히르, 자히르, 자히르!

오늘처럼 달이 이글거리는 밤에 죽고 싶었어
독기로 팽창한 볼을 치즈 짜듯 으깨며
너는 다행이라고 말해 줄 거야
오늘이 사라지는 데 3분이면 충분해
다행이라고 말해 줘
탐욕의 물기는 3초 간격이 이상적이지
다행이야

낄낄낄 ‖ 낄낄낄
그렇게 웃는 건 후렴부터야
폐병 걸린 사람처럼 ‖ 콜록콜록 키스해 줄게
오, 나의 숭고해지려는 자히르!
어서 와, 나는 ‖ 체온계를 물고 실신할 테니

상실의 시대

너의 앙가슴이 너무 추워서
나는, 나도 모르는 외계어로 너를 애무한다
침대 위의 너와 나, 고양이들, 재떨이, 검은 브래지어
한 번 더 서로의 혀를 꼬며
우리의 낡은 사랑을 확인하는 시간
입술이 뱉는 밀어가 수북이 쌓이면
수증기를 통과하는 물고기처럼,
너의 분홍색 엉덩이가 흔들린다
무슨 말을 해야 좋을까,
우리의 언어를 고민해 본다
좀 더 사적인 마음으로

칫솔질을 하는 네가 귀여워서
입가에 묻은 거품을 엄지로 닦아 준다
나의 성기가 왼쪽으로 휘고 있다
욕실 가득 거룩한 촛불들이 술렁인다
상상임신을 한 여자처럼 구역질이 났다
너는 내 등을 가만히 쓸어 주고
불빛들은 우리의 알몸을 희끗희끗 노출하고
나는 따갑게 다시 너를 안는다

우리는 미래를 조금씩 상실해 가며 사랑을 나눴다

사정이 끝나면, 나는
숲에 내다 버려진 개같이 바들바들 떨었다
암초처럼 가만히 있던 네가 다가와,
열 손가락에 힘을 주어 나를 만진다
바다로 걸어 들어가는 기분
태어나지도 않은 물거품이 되는 꿈을 꾼다
우리는 무지개가 될 것 같다

우리가 우리이기 전부터
나의 체모는 바르게 자라왔고,
그것은 우리의 미래보다 항구적이다

좀, 슬픈 일이다

붉은 그림자들

더 친해지지 않으면 내가 누군지 몰라, 입안에서 제 이름을 지우는 느린 자살의 언어, 살아 있는 일보다 사라지는 일이 더 쉬워서 손등으로 웃고, 낯선 여자와 몸을 섞으며 내 자궁 속으로 지는 노을을 봤어, 그림자가 오래오래 썩은 잇몸처럼 부식해 갈 때, 무덤 속에서 평온해진 나를 봐

누군가는 내 머리채를 휘어잡았어야 했어, 일부러 슬펐고 일부러 공허하고 일부러 웃을 거야, 내 안을 견디고 간 여자들은 미쳐 버렸고, 내 곁을 훔쳐보던 남자들은 식물처럼 죽어 버렸지, 이번 생은 더 이상 성장하지 않는다는 걸 알았을 때, 이상하지만 움직이지 않는 맥박만을 믿고 있었어

손목 끝으로 길어지는 흉, 계약되지 못해 죽어 간 저녁의 아기들, 늙은 파충류처럼 늘어지는 육체, 무의미로 자욱해지는 무릎들, 그리고 한 벌의 생을 불경하게 소일하는 내 안의 붉은 여자들

얼음 같은 날들에 갇혀 수면제를 먹었지, 자상하게 안

아 주던 이도 있었지만 안간힘을 다해 나눈 섹스는 물의 공포가 되어 흘러내렸어, 한 달 치의 수면제와 헤네시 한 병이라면 어디로든 갈 수 있겠지, 욕조 안에 두고 온 춥고 지루한 검은 멍들 이제 청색 테이프로 바르고 있어

샴토마토

토마토 껍질 안에서
쌍태아였던 애인이 생겼지
덤으로 흐르는 피처럼
위악의 조각으로 찢겨 나간 어느 한 피부
콧잔등의 부스럼,
귓불을 타고 흐르는 화상 자국,
감정이 자라는 속도 같은 것들
값싸고 독한 맥주를 마시는 연인이면 어때,
서로의 창자를 꺼내 하나로 꿰매는 거야
새터(satry)의 자장가가 난간 위에서 흔들릴 때까지
후프 안에서는 부러진 뒤꿈치를 들고
꿈에서 해 본 것처럼 엉덩이를 씰쭉거려

8번 버스 안에선 토마토 축제가 열리거든

각질까지 새빨개지는 사람들 속에서
한쪽만 칠한 마스카라를 한
너에게, 피투성이 탐폰을 던져 줄 거야
세상의 모든 미친 애인들을 위해
지중해풍 창문이면 좋겠지

응달에서 문드러지는 입술의 체위면 더 좋고

휠체어를 밀어 줄게,

너는 수련된 악마주의로 카혼을 두들겨

세 번째 토마토의 비밀,

취급주의

크래커 봉봉을 잡아당기면

생피를 뿜는 썩은 고환이 튀어나올까

겨우 용기 같은 게 필요할지도 몰라,

너를 다 먹어 치우고

두 번 일곱 번 하나가 되기 위해

어서 늙어 버려

데칼코마니

네가 낯설지 않아
나를 보는 것 같아서 좋아
내게서 너를 본떴거나
네게서 나를 훔쳐 왔다거나
어떤 식으로든 우리는 닮아 있어서,
너무 기쁜데,
이국적인 기분이 드는데,
너를 또는 나를 도대체 무엇을 사랑하는 게 이렇게
어둡고 숨 막히는 반짝임이었나, 우리는
골몰해 볼 필요가 있어

입술이 겹쳐질 때마다 느껴,
이 관계가 나팔꽃처럼 시시해지지는 않을까

빗소리가 뜨겁게 바닥을 달굴 때
물고기의 호흡법으로 간신히 생을 견디는 너와
부피도 없이 밀도만으로 살아남은 나를,
굳이 둘로 쪼개지 않아도 됨을 깨닫고.
나를 위로하기 위해
너를 내 풍경에 구겨 넣고,

나날이 낯빛이 흐려지는 카나리아처럼
우리는 우울한 식사를 했지

"공기가 시들고 있어."
"뭐가?"
"우리가 불가능하다는 신호야."

함께일수록 서로를 칭할 말을 모르게 돼, 둘이어서 안
되는 것이 불어날수록 깨끗한 환청이 매일 찾아와, 내 마
음을 오려 교회에 숨겼지만 복사된 마음이 더욱 멀쩡히
살아 있고, 나부끼는 밤마다 너를 안았지만 차가운 네 뺨
이 말하고 있어

너의 메아리에 지나지 않는 나의 끝,
나의 종말.

세기말의 연인들에게

포도주는 충분해
사랑에 목숨 거는 펭귄처럼
우리는 우리를 사랑해
추방자라도 상관없어
미지의 달빛에서도 우리는,
불운에 단련된 피조물

관능의 신호는 구두끈에서부터 와
불행한 사람들의 슬픈 근육,
불가능한 상상력으로 흔들리는 마음,
세기말에서나 가능한 얘기야
세기말, 그래 세기말,
우리는 세기말의 연인들
우리의 사랑을 투사지에 그린다면,
존재는 무한히 지속될 거야

얼마나 멀리까지 가야 되는 걸까
조개껍질, 검은색 스타킹, 앞치마, 선인장
아무리 많은 것을 나열해도
나아지지 않는 생의 모양에 대해

나는 조금만 자책하기로 해

팔월은 부드럽고 뜨겁고 간사해서
삶의 비밀을 다스리고
아무 미련 없이 방해가 되고
어여쁜 입술이 말하는 것들은
진부한 위안이야

다만
빚지지 않은 생을 살아갈 뿐이야

지상의 방 한 칸

　온몸 구석구석에서 쓸모없는 냄새가 난다. 먹잇감을 겨누는 전갈의 눈. 숨을 죽이고 삼키는 차가운 피. 빗발이 절호의 기회로 거세지면 혼미한 이정표를 따라 걷고 있다. **내게도 어쩌면 그럴듯한 이야기가 쓰일 것만 같아.** 어떤 꿈의 속편. 혹은 파편. 빳빳한 내 그림자들에게 내 방을 안내하면 끊임없이 제 색깔을 의심하지 않아도 되겠지. 노랗거나 노랗게. 밖이 고요해질수록 바람의 악사들로 흥겨운 새벽 2시의 모순. 흙먼지가 가라앉은 습도를 뚫고 본능적인 항상성으로 일상의 흐림을 인내한다. 삶에의 정복. 말보로를 깨무는 사이. **그것이 한층 나쁘게 계산된 과거 같아.** 유일한 연민과 식은땀으로 깨어 있었던 순간. 일부러 잘못 기억하지 않고 싶은 소리를 갖지 못한 의지. 형광등을 켜자 한 칸의 방이 혼란스러워졌다. 4평 남짓한 공간. 나는 오로지 무익하거나 아예 빛에 추락한 사막. 적당히 드라마틱한 마트로시카. 그따위 고의적인 감정 앞에서도 유감없지 못하는 내 주제. **내일이 피곤해지지 않을 자신이 있나?** 유방을 오려 내는 정오, 기어이 지상의 방 한 칸에 숨어들고 다가오는 12월을 정성껏 살지 못하고 정성껏 운다

제2부

8분의 12박자
—김 씨가 이발소 가는 날

　창녀의 사타구니처럼 벌어지는 김 씨의 지갑, 심플한 거래. 합죽했던 입에는 미친 고래의 미소가, 짤랑짤랑 값이 매겨지는 용액은 싸구려 모텔 방으로 그를 인도한다. 김 씨의 팔뚝이 살 오른 고등어처럼 팽창하면, 바늘 끝 송장 씻은 물, 찍─ 핏줄이 8분의 12박자로 뛸 때, 양귀비는 자해하고, 김 씨는 변기 물에 주사기를 내려보낸다. 꾸르륵, 김 씨 그림자도 경박한 소리로 사라진다. 달이 귤 조각처럼 걸리면, 밤잔치는 시작된다.

　1mg, 사면이 신통찮게 좁혀 오고
　1mg, 침대 밑 꿈실꿈실 짭새가 떴다더라
　1mg, 세상의 모든 혐오감은 사라져
　1mg, 사는 건 익살극이지

　다시 지갑을 열면 증발하는 간밤의 판타지아. 김 씨, 암사자처럼 눈알을 굴리며 식탐을 느낀다. 주머니 끌러 한마음이발소 앞에서 머츰, 머츰. 쑥 들어갔다 나오면 머리카락이 해파리만큼 가벼워진다. 오늘 양말 공장 뒤에서 노름판이 열린다는데, 지갑은 티슈 한 장보다 가볍고. 북풍이 이발소 문을 펑펑 때리고 지나갈 때, 면도는 외상이다.

Y군의 픽션들

Y, 이불 속을 기억하니. 그릇들이 살결을 비비고, 빈 냉장고가 웅웅 우는 사이. 나는 내 손목을 비틀며 없는 알리바이에 대해 속삭였어. 나는 나의 그늘이 좋아. 나는 나의 가장 이상한 최후. 겨울비와 느리게 식던 커피. 나는 아주 늙은 눈으로 웃고. 전속력으로 백야의 열기를 견뎠어. 창밖의 거리가 보통처럼 흘러가는 대신.

Y, 나는 자주 젖은 얼굴로 돌아와, 내 눈두덩에 꽃을 꽂고 설탕물을 붓고. 지금도 빗속에 있을 돌멩이나 담배꽁초, 등 뒤의 고양이에게 미안해했어. 빗소리가 주는 멀미. 겨울 공기의 빈혈. 누구의 입에서도 낯익은 구름이 호명되지 않았어. 그리스적인 죽음을 원해? 흔적이 많은 자살은 재미없다고. 무심히 부는 입김에도 냉소할 줄 알아야 한다고. 지나친 서정은 해로워.

Y, 누군가 지하를 두드려. 우리가 죄스럽게 나눈 사랑. 내가 서로의 목을 조르며 엉덩이를 꽃봉오리처럼 들던 그 순간. 내 안에 살아 있는 나의 습한 알맹이들, 흰 허벅지 사이로 아무것도 꾸덕꾸덕 말라 가지 않던 날들, 제대로 송신되지 못해 죽어 간 말들. 내가 밤눈으로 흩어지

는 대신.

　Y, 이 눈동자는 가끔 나와 완벽히 무관해. 활자가 쇠해
진 디킨슨의 시집. 지구본을 빠르게, 더 빠르게 돌리던 검
지. 새벽의 도로를 질주하던 나의 맨발과 울울한 휘파람
소리. 주인 없는 손목시계 끈의 구부러짐을 확인하는 내
각막 속에서. 나는 다발적으로 살고. 죽고. 유서 같은 건
수다스러워. 자신의 소립자 하나 용납지 않던 나의 싱싱
한 실수가. 내 배 속에서 소스라치고 있는데. 번개 치는 궂
은 날마다 태동하는 이 울창한 무덤에게. 나는 흥미가 없
어. 주저앉아 더듬거리기만 해.

소멸하는 여름

달빛에 나비 날개가 찢어지는 밤,
내 혀는 열망적인 것들을 지배해
열 개의 손가락이 틀린 기억으로 연주하는
쇼팽 왈츠 14번, 허밍해
한 뼘의 권태도 용납할 수 없는 시간이 되지
붉게 젖은 정신으로 네 이름을 부르면
너는 여름 옷차림을 하고 다가와
내 머리 위에 미사보를 얹어 주었어
매끈한 나의 나체는 반들반들 조약돌처럼 빛나고
미사보는 사나운 은빛을 띠고
곧, 갈퀴를 가진 동물이 되어 바람에 나부낄 때
나는 생크림을 몸에 바르며 의식을 치를 거야
내 간절함이 보여?

너는 매번 이상스럽게 나를 통과해 가
달력을 찢고, 요일을 몰라, 비가 오는 걸까
죽은 마음이 전부였던 때
이번 생은 너무 빠르게 훼손되었지
하지만,
성냥불 하나에도 흔들리는 우리의 마음

서로를 향해 들개처럼 달려갔던 밤들
어깨끈을 내리고 가랑이를 벌렸던 침대 위에서
단 하나 열망했던 것을 잊지 마
못생긴 입술이 맞붙던 그날로 소급해
과거에 기숙해 있던 널,
두고 온 널,
제자리에 갖다 놓는 것뿐이야
이제 이리 와도 좋아
우리의 끝은 항상 여름이었으니까

XoxO
—블랙커프스홀 2

세상의 구멍들은 슬랩스틱! 악보는 볼 줄 몰라도 돼 이
밤이 개소리로 메워지고 있다고! 밤이 짧아진 걸 느끼니?
타들어 가는 말보로 레드, 뭉툭해진 립스틱, 짧은 스커트
를 입고 카터 벨트를 묶는 이 시간을!

난 씻지 않았죠, 예쁜 양초를 좋아하지도 않고요
가급적이면 아찔하고 싶어요

오늘 내가 고른 티팬티가 왜 그러실까, 시시해 내가 사
랑할 아름다운 아저씨들 팁은 혀뿌리에 타 르 ㄹ ㄹ 비껫
덩어리 위의 짭조름한 팽창이라니, 복숭아 꿀을 덧대 줘

자꾸만 짧 자꾸만 아 자꾸만 져 자꾸만 서
크곳엔 담배도 립스틱도 넣을 수 없으니, 우유가 돼 버릴
커야

꼬부랑대는털을손톱으로 벅 벅 벅 벅
생리혈보다더알량한건손톱끝에긁혀나오는애욕
너희를어떤순서로씹어먹나? 기복적으로, X o x O !
아저씨들벌써창백해지면싱거워서안돼요

50

어제는 어떤 코미디가 너의 사타구니를 기어 다녔니?
고양이의 눈을 똑바로 바라볼 자신이 없군

똑 악 똑 악 아침해를보며구두는멀어져
후 둑 후 둑 바비튜레이트를털어넣고
뿌 득 뿌 득 똥구멍으로신기루를싸는거야
화장하고웃고눈물을녹음했지,,,고래고래젖가슴을향해
싸질렀던하얀노동이여,,,아름다운아저씨들,,,,,명랑하고
습한내목젖을주물러주세요,,,,,,,

아마 그땐 우리의 혀가 서로 다른 방향으로 꼬어겠지
반짝이는 밑구멍으로 리드미컬한 입장을!

맨발······자국

심해보다 깊고 푸른 밤이 내린다 단지 몇 시간짜리일 뿐
인 빛을 초월하고 원죄를 제대로 잉태한 사각 침대가 납빛
으로 초라하게 물들어 간다 거북처럼 팔다리를 밀어 넣으
면 그림자를 잃는 꿈을 꾼다

가지런히 오므린 당신(나)의 맨발

당신(나)은 사원(砂原)을 방황하는 시체가 되어 새벽 3
시에 던져져 있었다 맨발로 걷는 당신(나)은 인어의 비늘
로 옷을 깁거나 라틴어로 발자국을 남기며 가파르게 수면
위를 두드린다

새벽 3시는 그러기에 모쪼록 바람직했다

하얗거나(부옇거나)
부옇거나(하얗거나)

어쩌면 신발의 치수를 찾아 헤맨 나(당신)의 발은 최후
의 결백하고 늙은 증여물일까 덩그러니 가장 침묵한 상태
로의 당신(나)······자국이 미로를 연다 모국어로 난봉을

부리는 내 입술보다 십자가처럼 신성하고 한결 진실에 가까운 당신(나)의 언어는 더 이상 서두르지 않는다 먼지에 둘러싸인 둘러싸일 당신(나)은 새벽 3시마다 맨발로 잃은 꿈을 밟는다

달팽이좌

이상스럽다
크로아티아의 새벽별은
여덟 번씩 색을 바꾸고
누군가는 입안의 각질로 말을 잃었다
문득 입술을 다무는 달팽이처럼
서먹하게,
기절하지 않을 정도로만
지쳐 간다

속눈썹을 자른다

시월 달빛은 여자의 알몸처럼 외롭거나
상식적인 외로움일까
몇 번이나
몇 번이나
어둠과 헤어지던 기분을 허밍하면
녹슨 면도날 끝으로
맑게,
자라는 음모

잠의 상상력으로
시차가 다른 연애를 했고
이미 축축해진 마음으로 헤어진다

길을 잃어도 되는 건지
숨어도 되는 건지
제정신이어도 되는 건지
고독을 얹어도 되는 건지
질탕한 티를 내야지
팬티를 내리고,
인간이 되는 기분을 이해해야지
파란 똥을 싸고,
달팽이의 감정이 될거야

세이렌

깜깜해, 온 세포로 수압을 견디며 물의 끝으로 가는 길을 물었다. 바이칼 호수의 어느 지점일지도 몰라. 나를 향해 어두워지는 물살 속에서 라임색 인어와 몸을 바꾸며 다리를 잃었다.

차가워, 죽은 짐승에게서 빌려 온 수온을 쬐며 새벽의 송곳니로 물살을 가른다. 성에는 물 바깥에 대한 그리움일까. 기억은 진눈깨비보다 더 촘촘하게 육신은 고드름보다 더 참을성 있게 얼어 갔다.

진흙을 구깃구깃 헤집으며 밑으로, 밑을 파고들수록 물의 끝은 멀어졌다. 우박이 목구멍으로 쏟아지는가 봐. 혓바닥의 돌기가 오소소 돋아났고 만신창이로 젖은 두 개의 별이 이 깊이에 닻을 내렸다.

추웠다, 수선화의 온기를 구걸하는 날은 운이 좋은 날일까. 라임색 꼬리를 다듬으며 예쁘게 떨며 애인들에게 내 푸른 입술도 허락한다. 누구도 내가 노래하는 맹독을 몰랐듯이 물의 끝을 아는 사람은 아무도 없다.

하찮아, 잃었거나 버린 것들에게 미안하지 않다. 가장 황홀한 상실은 아니었기에 포말의 목덜미가 물고 간 나의 애인들을 밤마다 더 증오한다. 파스칼의 원리처럼 조여 오는 수압에서 물살을 견디며 바닥을 긋는다.

질질질, 끌려가는 비명이 마침내 노래가 되고 있다.

내 고막이 터지는|가학을 사랑해|물살이 빗겨 주는 머리카락이|재앙을 잉태해|더러운 달을 밀어내는 물결의|탄식을 이해해|내가 나를 밀어내고 불현듯 솟아오를|만개를 약속해

간단해, 이미 많은 발자국을 지웠기에 나의 성실한 죄를 물을 수 없겠지. 두꺼운 겨울의 지저귐이 인도하는 곳에서 나는 물사마귀의 고요와 거래한다. 생은 살얼음의 질서보다 쉽게 흩어지고 율동하는 내 꼬리는 하얗게 질려 간다.

지느러미는 퇴화된 고막에서 간간이 흐르는 눈물일까. 불가능한 치유가 권고하는 이 불행이 예뻐서 바위틈에

서 자라난 나프탈렌을 삼킨다. 나는 **최초로, 모독적으로,**

아름다워졌다.

Bad Bed

날씨는 나빴고, 눈을 뜨는 곳은 어김없이 싸구려 침대였다. 꾹꾹 꺼지는 매트리스, 꼬불친 체온이 있는 한 세상의 모든 흉한 짓을 꾀할 자신이 있었다. 꿈이었을까. 화요일인지 수요일인지 헷갈리는 날이 늘었고, 입속에 숨겨온 불꽃의 무게가 싫어서 오아시스를 나누어 가졌다. 실수였을까.

뜨거움을 짜냈고, 술병을 굴리는 밤이면 폭죽을 샀다. 튀고 솟고 파열하는 것들은 정직하니까. 24쌍의 갈비뼈와 침대와 상그리아 두 잔으로 충만했기에, 서로의 생식기에 불을 질렀다. 피울음을 토하는 구멍. 붉은 그을음. 화형대에서 사산된 텍스트. 타다 만 맞춤법으로 쓰인 너라는 모노그라피.

낱담배를 구겼고, 침대 밑으로 고양이 사체가 쌓여 갔다. 꿈 밖에서도 덴 꿈을 꿨나 봐. 기형도의 소극장을 떠올리며 따분한 표정을 연습한다. 지옥에 대한 기대가 컸을까. 몇 번의 종말론이 운운되었고 방화범들은 들떴다. 화염 속에서 엉긴 우리는 처음으로 한 몸이라고 우길 수 있었다.

살구눈물

나는 막 방금 울었는데
태어나서 처음 울어 본 기분이 들어
캐비닛 속에 오랫동안 잊혀져 있다가
오늘 꺼내 본 불어사전처럼
그렇게 낡고 낡은 눈물이 났어
괜찮아,
라고 말해 주는 사람은 아무도 없었지만
모든 게 괜찮아질 것 같았어

부서진 크래커처럼,
망가진 모래성처럼,
흩어질 대로 흩어져서 가루가 된 마음으로
아직 버리지 못한 일기장 같은 건 없어
다만 조용해지는 것, 그 가느다란 고요 속에
내 심장을 두고 왔어
그래서 눈물이 나나 봐
아무런 통증도 없는

숨을 쉰다
어디선가 예쁜 손이 나타났고

그 손이 내 뺨을 감싸 쥔다
따듯한 등에 업혀 있는 느낌이 나
먹기 좋게 식은 스프를 목구멍으로 넘기고 있어
어디선가 다정한 냄새가 나고⋯⋯

이제야 평온해졌어
다 망가졌는데,
삶은
살구빛이래

안단티노

너는 늘 오늘을 말했지만
그건 언제나 어제였지
가여워라, 오늘이라고 말해 줄게
네가 어제의 사람이라도 괜찮아
괜찮다고 말해 주는 사람이
너뿐이어도 괜찮아
괜찮은 게 많아질수록
우리는 더 먼 기억에서 기생해
형광색 다족류 벌레

너를 사랑하기 10초 전,
나는 내 멘탈이 싸구려였단 걸 알았지

이어폰을 배꼽에 꽂고
알몸으로 허밍하고 울먹이고 습도가 높아지고
멀어지고 곁을 내주고 손을 뿌리치고
키스해,
이해 같은 거 없이
동의 같은 거 없이

어디서부터 어디까지가 너의 오늘일까

미처 어제를 다 살지도 못했는데
나는 어제를 오늘이라고 믿고
어제가 오늘이어도 되는 네가 있으니까
내 의식을 모두 어제로 끌어모으고

괜찮아,
월경처럼 어제를 뱉어 내도 돼

내 손끝이 가리키는 곳에 네가 있다면
나는 더욱 먼 과거가 될 거야

천천히 와도 돼

최후의 징벌

붉은 건 붉어서 예쁘고
푸른 건 푸르러서 예쁜데
내 마음은 내 마음이라서 예쁘지 않아
왜 나는 나를 사랑하지 않았니
수없이 내게 되돌아오는 질문
무섭다,고 생각하며 배꼽을 만진다
식어 버린 찻잔처럼 차갑고 차가워서 눈물이 나

나를 잉태한 자궁도 그렇게 추웠을까
쇄빙선처럼 얼음 사이를 가로지르는,
콘크리트처럼 딱딱하고 감정이 없는,
스스로를 경멸하면서,
나는 아직도 숨이 붙어 있어

몇 가지 죄가 있다면,
내가 너무 자주 태어났다는 사실
단 한 번도 죽지 못하고, 다만 죽어 갈 뿐
그렇게 죽어 가는 것들을 사랑할 수 있을까
너처럼,
이런 나를 감당한 너를,

새싹처럼 싱싱한 인간을,
불길하게도 사랑이 시작되고 있어

사랑이 시작되고 있어
죄악이 벌어질 거야
사랑이 시작되고 있어
사랑이 시작되고 있어
방금 사망한 신생아의 눈동자처럼,

고결한,

일회용 연애

혀를 내밀어 봐
갈변한 버찌 두 알을 삼키면서
붉은 숨결을 곤두뱉고 마시고
가시덤불이 타 버린 자리를 오롯이 걸어가
맨발에서 꺼지지 않는 투명한 불꽃,

세상의 모든 비명이 여기서 시작되는 게 아닐까

트램펄린 위에서 교성을 지르고
맛없는 파스타를 만들고
더러운 파스타라고 부르며
네게 화장을 해 주고
계란 프라이를 뒤집다가
더러워,
더러워,

나쁜 단어를 다 빌려 와도 소용없어

검은색 하이힐을 신고
사타구니 사이로 낮은 울분도

이름 없는 것이 되는 나날들
이에 파프리카 조각을 끼운 채
낄낄, 아, 아무래도 좋아,
라고 무너지는 마음

우리 바다 보러 갈래,

빼앗긴 목소리로 묻는 물음에도
너는 가끔 대답할 줄 안다

포말보다 더 짧은 0.1초
립스틱이 번지고
스타킹 올이 나가고
거꾸로 누워서 네 얼굴을 볼래

너는 국화꽃을 찢어발겨 주면 돼

블루 넌[*]

달빛이 부비는 거리엔
꼬리 잘린 고양이들이 미유미유 울어 대고
내 피의 방향은 예의 없이 너를 향하지

도처마다 고독사한 인간들
죽은피를 마시는 거미들
하늘타리가 흐드러진 이 시간,
나는 흰 베일에 푸른 수녀복을 입어
촛농으로 네 이름을 쓰고,
우울한 이 시대를 비웃어 주며
널 초대해

내 혀를 거부하지 마, 짐작한 것이 있다면 몰라줬으면 해
나는 내 세계를 완성하기 위해 네가 아닌 나를 할퀴어
왔어
그런 내가 달콤하지 않니 성모의 젖처럼,

위태로운 건 나뿐만이 아니야
우리는 이미 여러 번 실패한 연애가 있고
축복과 저주를 교환했지

얼마나 낭만적이야,
꼬리가 잘려 나가는 기분

그러니까 어서 와,
내 수녀복을 재빠르게 벗겨 줘
너의 유륜을 정성껏 그루밍해 줄게
야한 말로만 끝말잇기를 하자
근데 넌 어디서 왔니?
똥구멍까지 예쁜 남자는 처음이거든

아, 섹시한 밤이야

● 'Liebfraumilch'에서 유래한 화이트 와인으로 라벨에 수녀가 그려져 있다.

12월 21일 49초

현기증이 나
흐물흐물한 공중으로 데려가 줘
고래 울음소리가 들리니?
조용히 있는 것들을 용서할 수가 없어
너무 시끄러운 꿈을 꾸고 있거든
나는 초조하고, 초조하고,
아무것에게도 감정을 가질 수 없어
어느 날 사라져도 너무 당연하지

발칙한 년이라고 해 줘
그런 식으로 사랑받고 싶어
발목에는 리본을 묶고
머리에서는 백합향이 났으면 좋겠어
아픈 꿈을 꿨는데, 아무도 울어 주지 않았어
우리는 다르고, 달라서,
이해받기를 바란 쪽이 잘못한 거야
나는 나를 계몽할 이유가 있어

알몸으로 춤을 췄어
이다음 12월 21일 49초를 기억해

그날은 죽기 좋은 날

아아, 얼마나 더 심심해야 하지?

혼자서 애쓰고 싶진 않아

모자를 눌러쓰고 담배를 사러 나가야지

비가 내리면 좋겠네

맨발로 질주할 거야 온 거리를

이를 드러내고 기린처럼 웃을 거야

혈관을 타고 어린 꽃들이 피면

한쪽 눈이 없는 고양이를

안아 줘

10분 전의 나

나는 방금 10분 전의 나를 죽였어
구름이 전봇대를 지나가는 정도의 시간
불현듯 떠오르는 게 나였어
눈을 감았다 뜨면 용서할 수 없는 기분이 들어
아, 폐허였구나
심호흡을 하고,
다시 나를 죽이는 연습을 해
연습이 필요하지

그림자가 쫓아오는 게 무서워
사라지려 할수록 사라지지 않는 검은 망토
나는 주문을 걸어,
라리아쿠비쟈이노토바이샤
라리아쿠비쟈이노토바이샤
7분 전의 내가 울고 있구나
아무도 몰라줬구나
사라졌구나
휘리릭,
그런 소리쯤 나지 않았을까?

3분 전의 내가 와서 말을 걸었지
"그만 떠나 줄래?"

그때 바람은 다정하게 불어 줬어
오늘을 살기에 너무 다정할 정도로
뺨을 대보면
그 온기가 그대로 있어
그 채도가 그대로 있어
1분 전의 내가 그대로 있어

그럼 안녕,
하고 인사해 줬어야 했는데

북극의 사생아

내 조그만 이글루에 어서 와
여기선 모두가 왼손으로 자위를 해
병든 꿈을 꾸고 살거든
모국어를 잊어버린 지 오래됐어
개인의 삶만이 있지
순록의 모피를 덮고 매일 밤마다 자폐를 앓아
나는 이곳의 사생아,
불안의 얼굴을 하고 살아
졸린 곤충 같은 위로는 집어치워
삶은 시시하지만 아파 오는 젖에선
새하얀 눈이 나와

여기선 눈을 칭하는 말이 스무 개쯤 있어
얼마나 근사한 일이야

내 피는 하얀색이야
완벽한 하얀색으로 뒤범벅된 피가,
아무 데서나 남용되고 있지만
여기선 누구나 염세적인 인간이 돼
생각은 언제든 녹고,

어쩌면 내 감정에 간섭하지 말아 줘
나는 자주 미소 지을 줄 알고
존재하기 위해 존재하지만
40일 동안 별을 쬐는 밤이 오면
슬픔이 발달하지
제각각 수런거리면서,
유구한 슬픔에 대해 지껄이는 것들이,
나는 가끔 지겨워
점점 개새끼가 되어 가는 것 같아

나는 다시
뾰족해지고 있어

제3부

레몬증후군

세면기에 오줌을 누다가 거울 속 피에타를 봤니
지퍼를 잠그는 법을 잊어버린 소년이거나
팬티 속에 날달걀을 넣고 다니던 게이거나
둔탁한 상자를 열기 전 초조한 프시케 볼에 오른 홍등을
알아
17번째의 담배를 지져 *끄*고 창문 난간에 선 남자였을까
장래 희망이 오후 4시의 햇빛이라고 말하던 여자의 외
계인 병이었을까
하루에 한 알씩 레몬을 수면제처럼 먹던 그들, 혹은 우리

젊었다, 태생적으로 우울했고 바랜 셔츠 단추 한 개쯤
떨어지는 동안의 연애도 했지 헤집으면 열리는 길을 믿었
어 레몬 슬라이스를 서로의 입에서 입으로 여름벌레가 울
때부터 눈보라를 기다렸어 매일매일 작아지는 미*끄*럼틀
위에서 내 그림자는 네 발등에 키스했어 폭풍의 자세로
무너져 가는 너 좋은 예감을 할 수 없는 나 그 시절의 일
기는 아직도 소용돌이 속에

귀밑의 둥근 멍울에 대해서 말해 줄까
여자는 레몬이었어

잠깐 깔깔거리기에 모자란 밤 우리는 레몬다웠지

자주 내 얼굴을 잊어버릴 만큼 안개가 뜨겁고 폭설의 기미가 보이면

너는 명랑하게 울 수 있을까

찬란한 노랑, 단단한 껍질을 무기처럼 **빼앗긴** 생을 질투해, 망자의 혀는 도망치는 생명력을 시기해, 낙태를 하고 뻔뻔하게 마취약에서 깨어나는 증후군처럼, **굿바이 겨울**, 예정된 이별은 익히기 쉬운 습관, 힘을 잃은 계절에 여름의 옷차림을 하고 떠난 레몬에겐 할당된 내일이 없어

나는 아무 때나 끔찍해하며 117번째 담배를 지져 *끄는 중*

가장 레몬의 색을 닮은 오후 4시의 햇빛이 싫어 어떤 비난에도 바지를 적시는 질펀한 레몬즙을 레몬, 레몬, 레몬…… 뿜겠지 너를 발음하는 혀의 곡선이 좋아 네게로 가는 길은 온통 노란 신호등 **레몬 깜빡 레몬 깜빡** 지상에 도착한 최초의 빛

나는 아무 때나 끔찍해하며 117번째 담배를 지져 끄는 중

나비, 숨

애인에게선 나비 냄새가 났다

날개뼈를 긁어 주면 애인은 애벌레처럼 왼 겨드랑이를 파고들어 온다. 나는 침묵했고 애인은 나비가 되고 싶다는 말을 주문 걸듯 반복했다. 나비처럼 말하고 나비처럼 울고 나비처럼 속상해하며 눈에 띄게 말라 갔다. 며칠씩이나 누에잠을 자고 의식이 있을 때도 최소한의 물만 마시고 이따금 냉소 띤 얼굴로 자신의 손목을 깨물어 달라고 했다.

나비의 피가 흐를 것 같아

필사적으로 나비가 되고 있는 애인의 몸부림에 대해 기록하지 않기로 결심한 그 하루조차 우리는 연대한 적이 없었다. 아무도 읽지 않은 책의 두 번째 문장처럼 우리는 겨우겨우 서로를 정다워했을 뿐. 애인은 이제 나비처럼 나비 숨을 쉬는데 (나만 다시 몇 번이나 몇 번이나 아프도록) 그것이 흉기가 되어 나를 조롱하고 아예 나비가 되어 가는데 (나비가 된 애인을 간섭해서는 안 되는 일) 내가 구사할 줄 아는 모든 말을 잃어버린 나는 괴로워하는 법도 모르는데 (나의 혀는 점점 굳어 가는데) 차라리 당신이,

한 계절도 채 다 살지 못하기를
파괴되기를

나비'향

꿈에서 만난 여자에게선
나비향이 났어
여자의 옆얼굴은 포도처럼 섬세해
울고 있는 듯해서
어깨를 가만가만 두드려 주자
낫처럼 길게 휜 속눈썹이 파르르 떨린다
이상스럽게도 그 모습이 예뻐 보였는데
이 기분을 이미 겪어 본 것 같은 기분이 들었다
여자는 곧, 아주 흐느꼈지만
다만 나비향이 났을 뿐
머리카락에서, 이마에서, 귀밑에서,
다발적으로 나를 감싸는 나비향이
슬픈 예감을 하게 했다
그것은 허구적 상상이 아니라
정말 슬퍼져서 슬퍼했다
꿈이니까 마음껏 슬퍼해도 될 줄 알았다
어차피 누가 버린 꿈이니까
그래도 되는 줄 알았다

눈을 떠 보니

꿈속의 여자가 입고 있던 무명옷을
내가 입고 있었다
슬프다는 이유로
땀으로 흠뻑 젖은 무명옷을 갈아입고
호숫가로 향한다
박하맛 사탕을 꺼내 무는데,
눈물이 툭 떨어져서 눈을 감았더니
어디선가 익숙한 향기가 나는데,
여자의 옆얼굴을 기억해 내려고 애쓰는데,
수면 위로 죽은 나비가 물에 떠 있었다
나비향이 났다

사과나무독나비

아테제 호숫가
클림트의 사과나무가 꽃 피울 때
까맣게 **꿈틀거리던 것들은** 모두
양수를 뱉으며 무더기로 까발려졌지

우리는 세상을 훼손하기 위해 잉태된 존재들
문밖을 서성이는 야윈 영혼들을 꿀처럼 들이켜고
고해성사 같은 건 하지 않아도 돼

똥구멍으로 맹독을 콸콸 쏟아 내며
녹색 심장을 갉아먹어 볼까 네 피는 너무 써
느리게 썩어 가는 육신? 감정이 있는 것들이라면 적어도
그렇겠지 장식적으로 흐드러진 넌 싫어
단 한 그루의 고독한 사과나무를 원해
그러므로 네가 더욱 붉은 점으로 명멸해 갈 때
힘겨운 망토로 비행을 시작해 너의 접도를 읽다 보면
죽음의 뒤안길로 멀어지기도 하겠지 청록의 나이를 가진
것들이 좋아
몇 초 사이로 새로운 공중을 향하고 푸르고 축축한 색점
들이

영악한 씨앗으로 움트겠지 너의 비좁은 생은 나의 능금
빛 뒷날개 밑에서부터
사라져 온몸이 가루로 파삭 부서져

독을 뿜은 자리마다 톱밥처럼 너덜해지는 너를
사정없이 예뻐할게 목이 분질러지는 청춘의 책임은
내 몫일까 네 몫일까 웃어 봐, 조금 남은 오늘이 지나면
너는
다시 누린내 나는 사과나무로

우
두
커
니

북극나비

흰 발을 물에 담그면 많은 것들이 괜찮아져
우산을 숨기지 않아도 파래지는 시간
우리는 12시적인 것들을 사랑하자고 맹세했지
따듯한 고양이 똥, 한 스푼의 컵케이크, 파란 나비 같은
것들

너는 수요일이라고 했어
그런 날에는 부패한 소시지처럼 물속에 있자고
추위의 세계에 대해서만 생각하자고
지루할 정도로 쉬고 싶다고 속삭였어
몸을 말아서 동그란 게 아니라
동그랗기 때문에 온몸을 말고 있는 거라며
다슬기처럼 아주 가끔씩 살아 있는 흉내를 냈지

나는 고요를 쬐며
막 두 번째 허물을 벗고 있었어
팟-르르르 팟-르르르
젖은 날개를 말리는 동안 한 쌍의 나비가 되는 우리
모든 게 침묵하는데도 진화하는 것들은
어떤 무심함을 견디는 걸까

그런 생각으로 아무것도 껴안지 못하는 마음
물속에서 갓 건져 낸 무릎
푸른 멍

우리는 없는데
시간은 자꾸만 북극으로 질주하고 있어
비로소 수면 위로 달이 차오르면
캄캄한 밤의 방해를 견딘 날갯짓, 나비의 온기, 비행,
그런 것들이 정말 환영 같을 때가 있어

작별

빈 요람을 흔들어 줄게
11월의 낙엽만큼이나 괴롭다
동화는 끝났어, 이 세상에
헤픈 사랑이 난무할 뿐
핏기 없이 걸어 다니는 사람들
인공적인 감상은 이쯤 하면 됐어
주머니칼만 있으면 뭐든지 할 수 있으니까

불나비가 날아다니는 계절이야
거세된 감정으로 우리는 입을 맞추고
입술의 자세는 무미건조해
신생아의 손톱을 본 적 있니
잠자리 날개처럼 투명하고 얇은,
신물 나게 아름다운 그것을
나는 우리에게 선물하고 싶어

검은 잎사귀 속에서 작별 인사를 해
물먹은 꽃처럼 나는 고요해
저마다 난간을 미는 이유가 있겠지
우리가 홀대했던 과거에는

상실한 것만이, 불우한 기별이,
있을 뿐
가련한 기억에 기생할 뿐

안녕, 안녕히,
우리는 입을 모아 한소리를 하고
안녕이 가지는 먼 넓이를 알게 되고
때가 되면 부는 서풍이
건조한 나날을 노려볼 때,
우리는 다만 허공을 걸어가
그렇게
가혹할 줄도 모르고

윈도우블라인즈 303호
—구원의 방으로 놀러 오세요

　한 칸 방, 한 칸 방, 죄 덮는, 죄 덮는, 블라인드 틈마다, 틈마다, 오후 3시의, 3시의, 느린 열기만이, 열기만이, 용암처럼, 용암처럼, 흘러 들어온다, 들어온다, 커튼 한 장조차, 한 장조차, 적의 없이, 적의 없이, 한 방향으로, 한 방향으로, 쏠려 있듯, 있듯, 거리는 아직, 아직, 극심히 밝고, 밝고, 이성적이고, 이성적이고, 지나치게, 지나치게, 진실에, 진실에, 가깝다, 가깝다, 개미 새끼 한 마리도, 한 마리도, 교접하지, 하지, 않는다, 않는다

　밤마다 은밀한 위치였던 연인들, 지금은 어디에?

　보들레르의 말처럼, 말처럼, 매음이, 매음이, 예술이라면, 예술이라면, 매일, 매일, 밤낮, 밤낮, 이 건물은, 이 건물은, 객실마다, 객실마다, 창작이, 창작이, 저축 중인데, 중인데, 도시는, 도시는, 밤을, 밤을, 주무르고, 주무르고, 밤은, 밤은, 타인의 나신을, 나신을, 주무르고, 주무르고, 티백 녹차, 녹차, 믹스 커피, 커피, 미에로 화이바, 화이바가, 기계적으로, 기계적으로, 냉장고 속을, 속을, 채우면, 채우면, 2번 채널의, 채널의, 등장인물들도, 인물들도, 덩달아, 달아, 기계적으로, 기계적으로, 배설한다, 배설한다

적자색 침대는, 침대는, 온갖, 온갖, 사연들의, 사연들의, 엉덩이 문신으로, 문신으로, 너절한데, 너절한데, 이불이, 이불이, 아픈 소리를, 소리를, 내며, 내며, 구겨질 때마다, 때마다, 303호 청년의, 청년의, 무릎도, 무릎도, 같은 속도로, 속도로, 헐어 가고, 헐어 가고, 머리가, 머리가, 절망적으로 헝클어진, 헝클어진, 여자는, 여자는, 무늬 없는, 없는, 천장을, 천장을, 쏘아볼 뿐, 볼 뿐,

　　　　　　젖가슴도 사실은 재미없게 흔들린다

37.2° L'aube

침실을 온통 노랑으로 페인팅하고
어깨에 동물적인 장미를 문신하고
모나리자 액자가 걸린 방에서,
개처럼 서로를 핥았다

꿈을 꾸는 일도 짐이 되는 세상,
불면의 밤이 차라리 고맙다
정액을 서로의 얼굴에 문지르고
발목을 쥐고 또 한 번 사정한다

여름이면 찬 우유를 나눠 마시고
사나운 달빛에 체하고
흰 고양이 옆에서 글을 썼다
잉크를 쏟아 가며
아무것도 쓰지 못하는 날은 베티를 증오했다

비바람이 불면 모나리자를 노려봤고
엉덩이가 뜨거운 베티를 안았다
어떤 날은 그조차
누군가가 나를 대신했다

아무리 용을 써도 내 것인 것은 없었다

그러나 그 시절,
가진 게 페니스가 전부인 사내는 많았고
누구나 베티에게 오줌을 갈길 수 있었다
싸구려 샴페인을 바르고, 마시고,
목구멍으로 사내들의 정념을 들이켰다
목을 축일 수 있는 것은
그것뿐

Too drunk, to fuck!

베티는 베티이기를 거부했다
탕아,
야생마,
마리화나,
또는 베티,라고 열거한다

쥬 뗌므!

안 들려, 뭐라구?
쥬 뗌므!
안 들려, 더 크게!
쥬 뗌므! 쥬 뗌므! 쥬 뗌므!

자신의 눈을 도려낸 베티를 사랑할 때,
나 역시 베티가 되어야 한다
아무도 베티를 기억하지 못할 때,
베티의 일생에 진실로 참견하기 위해

푸른 장미를 짓이기고 돌아온 밤,
모나리자 앞에서
페니스를 더욱 소중히 붙잡고
긴, 긴,
마스터베이션을 한다

베티의 신음이 들릴 때까지,
베티가 질식할 때까지,
베티의 인기척이 잦아들 때까지,
베티가 베티를 포기할 때까지

(쥬 뗌므! 쥬 뗌므! 쥬 뗌므!)

야행성

밤거리를 걸었다
그냥 아무 거리를
그렇게 걷다가 여자를 만났다
오늘 처음 본 여자
귓불이 예쁘다
목선이 백조 같다고 칭찬했다
여자는 웃었지만
잘 웃어 본 적 없는 얼굴
안쓰러운 일이지만
나조차도 웃을 일이 없었다
우리는 무표정으로 사랑을 나눴다
허벅지에 화상 자국이 있었는데
나는 그게 사랑스러워서
입을 맞췄다, 스물여섯 번이나

여자는 그림을 그리고 싶다고 했다
나방을 그렸다
왜냐고 묻지 않았지만
그것이 야행성이라서 좋다고 했다
빛을, 빛을 좇는 나방 떼가 아름답다고

나는 생각했다,
감색의 얼룩덜룩한 나방 떼를
아름답다고 생각하려고 노력했다

우리는 밤마다 이야기를 나눴지만
이른 새벽이 오면 사라지는 여자
나는 여자가 없는 낮을 땀 흘려 기다렸다
비 오는 날의 흙먼지처럼 오로지 기다렸다
노을이 지면 여자가 온다
나방처럼 밤의 색의 옷을 입은 여자가
온다
여자가 불빛들 사이로 흔들린다
나도 함께 흔들린다
여자의 화상 자국을 만지는 기분이다
생리통을 앓는 기분이다
여자는 여전히 무표정인데,
나는 울고 있다

네 개의 유방이 있는 무대

1

장난처럼 죽고 싶다고 말을 하던 너는
정말 장난처럼 죽었다
백합 한 송이 던지는 일이 생겼을 뿐
새삼스러운 건 못생긴 내 발톱이었고
튤립 모양의 와인 잔이 하나 더 생겼다

와인 잔을 다각으로 돌려 본다
그녀의 손톱을 닮았어

방황하는 구름까지 할퀴던 밤이었을 거야
맞잡은 손을 고집스럽게 놓지 않았고
달리고 달리고 달리고 달렸어
행인들의 손가락질이 투명해지도록

우리가 달리는 곳이 언제나 루브르야

2

폐부를 긁어 대는 회상은
유리 조각으로 흰 백합의 목을 긋는 일
인간적인 숙성을 거부한 우리에게
백합은 포도색을 띠며 절망을 감시해 주었다

그런 꽃들이 자주자주 흐드러졌다면……

미안해 살아 있어서

잎사귀 속에 두고 온 내 영혼이 발효될 때까지
포도를 껍질째 씹어
신이거나 신을 빙자한 모든 것들에게 묻고 싶어
얼마나 제 뺨을 때려야 그녀의 세계에 초대받을 수 있
나요

그곳은 아마 메를로 품종의 포도나무가 자라는 곳

3

너의 무대에서

멜롯 품종의 포도나무가 점점 자라나

하얀 효모균을 씻어 내고 껍질 속의 나를 억지로 까발리고 넌 만족하고 불행을 노래하던 우리의 붉은 입술을 다시 문지르고 팔리아멘트를 나눠 갖고 누가 먼저 스무 개비를 피우나 내기를 하고 경쾌하게 혀를 섞고 유쾌하게 가래를 뱉고

이제 너의 무대는 죽음도 없는 곳

4

따박따박, 발톱을 잘라 낸다
여전히 못생겼어
잘려 나간 발톱이 하늘에 가닿아 초승달이 되고
달은 앞으로 더욱 아름답지 않을 거야

우리에게 아름다웠던 건
서로의 유방 네 개를 밀착시켜 키스를 나누던
바로

그 침 냄새야.

다시 태어나면 심해어가 되고 싶어

달이 뜨거울 때 입을 맞춰 줘
팬티를 내리는 손은 왼손이 좋겠다
새로운 취미가 생겼어
무슨 말이든 거꾸로 말하기
네 턱수염에선 늘 머스크향이 나
그래서 신생아를 안는 기분이 들어
어들 이분기 런그
?아알

추워
생선 냄새가 난다
오늘은 어디로 가?
라디오를 틀어도 될까?
내 체액은 노란색인데,
너를 안을 때마다 그래
우습게도 나는 쓸모없는 기분만 들어
슬퍼해 주면 좋겠다
내가 이렇게 멋지지 않잖아
빈 영혼으로 살아 있잖아
?어겠르모

(너였으면 했어)

(왜?)

(내가 미쳐도 안 버릴 거잖아)

다시 태어나면 심해어가 되고 싶어

입은 크고 광물을 달고 다니는 거야

그 깜깜한 적막 속에서도

네가 나를 바로 찾을 수 있도록

트윙클, 트윙클,

빛이 나는,

그런,

. ..줘 봐 아알 를나

장마

맑은 것들만 사랑할 때가 내게도 있었어
빛나는 알전구나
부드러운 새끼 고양이의 털
너의 봉긋한 가슴 같은
희망이라고 부를 만한 걸
세상이 예뻤고, 내가 예뻤어
뭔가를 사랑하는 일이 제일 쉬웠었지
너의 생각에 감탄하는 것도
너의 기억에 작은 뿌리를 내린 내가 기특했어
너의 심장박동 수를 세는 일이나
허공에 질주하는 마음까지도 근사해 보였으니까

긴 장마가 시작되던 해에
빵을 조금씩 뜯어먹으며 널 기다렸어
손톱을 깎고, 눈 화장을 하고, 높은 구두도 샀지
네가 사라질 거라고, 한 점 의심도 못 하고
떠돌이 개처럼 너를 기다렸어
나는 더 이상 미소할 수 없고
스스로를 곰팡이로 여기며
민감한 살덩어리가 되어 가고 있어

나를 놓지 않겠다는 약속은 어떻게 되었나
희미해지지 않으려 안간힘을 써도,
점점 휘발되어 가는 내 영혼을 바라보면
나는 아무도 찾지 않는 공원 같은 게 돼
오늘은 또 내 어디가 사라졌을까
이렇게 갉아먹듯 사라지는 동안
이 비도 멈추고, 너도 돌아오겠지
아마

국외자

여자는 미인이다
입술은 물빛으로 번드럽고
이마에서 콧잔등으로 미끄러지는 선이 곱다
쇄골은 불온하게 튀어나와 있다
미인은 검은 숨을 고르고 있다
밤의 표정을 지으며 나를 바라본다
우리는 눈동자를 맞췄다
미인의 다갈색 눈동자는 말이 없고,
암묵적으로 숨을 죽이는 사이
울지도 않았는데 목구멍이 조여 온다
이 감정에는 한도가 없다
쉼표조차 없다
나는 주먹을 꽉 쥐며 흐느꼈다
미인이 다가와 양처럼 따듯하게 안아 줬다
나를 안아 주기 위해 미인을 사랑했다
다정하게 죽어 가는 기분이 들었다
그대로 잠이 들었다

꿈에서 미인이 마중을 나왔다
기뻤다

미인이 내게 이름도 사진도 없는 여권을 줬다
'이제 가세요.'
미인의 말을 입 모양만 보고 알아들었지만
어디로 가야 할지 몰랐다
내가 가진 건 무명의 여권 하나가 전부
문득 면도를 해야겠다는 생각이 들었다
정성껏 면도를 했다
어디로든 갈 수 있겠지,라고 생각하니까
여권이 꽤 결곡하게 여겨졌다
몸의 긴장이 느슨해지기 시작했다
꿈에서 깨면 떠나야겠다
미인은 이미 휘발되고 없다
내 눈과 코와 입도 지워지고 없다
그런데도 괜찮은 것 같다
귀환할 곳도 없지만 오래 머물지도 않는다
다만 살아서 도달하는 곳이 있을 뿐
나는 국외자였다

Le pédicure[*]

올리브색 벽지를 바른 방,
흰 소파가 있고
물방울이 그려진 커튼을 열면
쏟아지는 햇살에 신열을 앓는 소녀

소녀의 발이 있어
물무늬가 묻어날 것만 같은,
오래 응시할수록 하얘지는 그런 작은 발
어쩌면 하얀 피가 날 것 같아
발가락마다 별 부스러기 같은 지문도 있지
소녀가 살아온 생의 탯줄처럼
무슨 색깔로 인사해도 무관한
죽음에 가까워지는 발
거기서 나는 깜깜한 냄새가 아파

나도 그렇게 살아 봐서 알아,

무명화가의 그림 속에 소녀의 발이 있어
발등은 제비처럼 아름다운 곡선을 가졌지
아름다운 건 왜 쉽게 죽고 마는 건지

Mais, 제가 가진 촉수로
저 스스로를 아프게 한 것들
그건 분명 추하기에,
얇은 종이에 입김을 불어넣듯
소녀의 족적을 치유할 수 있을 것 같아

그러니까 이리 와, 발을 내어 줘
따뜻한 물수건으로 닦아 줄게
모든 것이 미증유야
뾰족한 악몽을 꿔서 그래
나도 그런 꿈을 꿔 봐서
알아

이제 우린 죽을 거야

●에드가 드가의 그림 「발 치료사」.

33살의 크리스마스

네 생각의 끝이 항상 나인 것처럼
내 시작에는 글썽이는 네가 있어
잘 말린 라넌큘러스 한 송이
그럴싸한 내용의 유언장
니체의 철학서 한 권
그 정도면 우리의 밤은 충분하지

우리는 끝이 뭔지 이미 잘 알고 있잖아
손목의 붉은 그을림이 그걸 말해
Feist의 Let it die를 들으며,
너는 시를 쓰고 나는 유서를 쓰고,
그래, 오늘은 네가 좋아하는 뱅쇼를 양껏 마셔
시나몬향에 취해 우리가 비틀거리는 사이
밤은 흑설탕처럼 달콤해지고,
우리는 나란히 담배에 불을 붙이며
세상을 향해 침을 뱉는 거야
키들키들 웃는데 자꾸 눈물이 나
이 울음을 다 필사하기엔 이번 생은 너무 짧고,
우리는 거국적으로 거울 속의 성기를 경멸하지

심장은 하나야
알아, 나의 어떤 조각은 네 일부잖아
우리가 우리에게 기울어 있다는 것
너무 늦지 않게 만난 우리를 축복해 주자
유린당한 하얀 자궁을 위로해 주자
죽은 나비의 이름을 지어 주자
33살의 크리스마스 밤이잖아
우리는 촛불을 켜고 은밀히 소원해
우리의 건강한 죽음을

함께 가,
이제 그만 외롭기로 해

게이샤, 꽃

살아 있는 것들이 궁금할 때가 있다

붉고,
생기롭고,
녹물이 흐르지 않는,
게이샤의 미소를 닮은 것들

꽃 무덤이 된 작약밭을 걷다가
어떻게 숨을 쉬어야 하는지 잊어버렸다

공손하게 묻는다,
생에,
더 아름다울 것이 있습니까

낭자하게 향기를 흘리면서,
더욱 희게 화장을 하고,
샤미센을 울릴 때,
불현듯 살아 있는
게이샤

색을 품은 모든 꽃은 이기적이다

나는 간간이 살아 있기에,
아름다움을 가장한 것들을
사랑할 자신이 없다

게이샤가 머리를 올리는 동안,
작약향이 파열하고 있다

파열!
아무런 잘못도 없는데
생의 모든 일들이 잘못 없이도 죽음의 편이듯

겨우 몇 년을 아름다울 뿐인
작약이다
하루치의 센코다이가
당신에게도 내게도,
멀어지는 여름이 되는 건 아닌지

게이샤의 호흡에는

작약향이,
아주 순간적으로

게이샤를 벗는 밤이면,
나는 다시 작약밭에 갇혀
하루치의 죽음에 기생할 뿐

춘우(春憂)

5월의 비는 뱀 떼처럼 내렸다 이 계절을 능금처럼 장
식했던 마지막 덩굴장미도 광대 춤을 추둣 철컥철컥 스러
져 간다 억울한 얼굴을 한 사내가 멈춰 서 담배 대신 죽
은 장미를 입술로 씹는다 얌전한 움직임으로 냐움냐움 세
상의 모든 향기는 종내 괘씸한 운명일 뿐인 모양이다 바
람이 위로하는 척 불어도 꽃이 없는 빈 꽃대만이 온 데 너
울거릴 뿐

```
          젓 장 사 담
 겨        고 미 내 장 사
 드 엉     있 도 도 도 이
 랑 덩 젓 을 울 울 운 좋
 이 이 기 때 고 고 다 게   그러나
 로 로 로             제가끔 상관없는 까닭으로
       작             빗물 고인 자리마다
       정             담홍색 뱀 비늘만 수북하다
       한
       것             문밖의 청춘도 결사코
       들             그렇게 쌓여 간다
       이
```

지독하고 유려한 낙서

전소영(문학평론가)

닿는 시

눈을 가린다. 잔영을 머금은 어둠이 시야를 장악한다. 나는 온전히 당신을 볼 수 없을 것이다. 귀를 막는다. 점점이 비어져 나오는 바람 소리가 숨까지 막아선다. 나는 온전히 당신을 들을 수 없을 것이다. 그러나 정말 그럴 뿐인가. 온전히,라는 저 완고한 부사만 너그러이 거둬진다면, 나는 여전히 당신을 보고 듣는 중이다. 살갗에 부딪히는 공기로 나는 우리를 한데 머물게 하는 마음의 기후를 짐작한다. 그 온도로 우리 사이의 거리를 가늠해 본다. 만일 당신이 영영 멀어지려 한다면 나의 앎은 당신이 걷는 방향을 앞서 헤아릴 수 없겠지만, 내 느낌은 두려운 예감으로 이별을 묵시할 것이다. 나는 이렇게 당신에게 닿는다.

내게 닫히지도 감기지도 않는 감각이 있어서다. 눈만큼은 아니라도 시간을 판단할 수 있고 귀 정도는 아니라도 공간을 측정할 수 있는 것, 너무 익숙해 보통의 날엔 의식 바깥으로 밀려나 있다가 문득 낯선 조짐으로 도착하는 것, 이 감각은 살갗의 소유다. 잠시만 그 기척에 느낌을 기울여 볼까. 우리에겐 최후의 벽이 있는 것이다. 나의 안팎을 구획하고, 나와 타자를 만나게 해 주는 물리적이며 상징적인 선. 그리하여 이 벽-피부는 '나'의 존재론과도 '우리'(라는 관계)의 발생론과도 맞물려 있다.[1] 김하늘 시인의 첫 시집에 초대받았을 때 이와 같은 단상을 진입로로 삼았다. 무뎌진 감각을 날카롭게 벼려 두는 것으로 대신했어도 좋았을 것이다.

욕망의 기록, 상처의 무늬

모든 시는 드러난 것과 감춰진 것 중 어느 쪽으로도 진실을 품을 수 있지만, 사려 깊은 시는 양쪽과의 적절한 거리 두기 안에서 진실을 빚는다. 우리는 모든 시를 재현하는 것으로도 암시하는 것으로도 여길 수 있지만, 사려 깊어지려면 시의 개폐 정도를 매순간 가늠하려는 노고를 감당해야 할 것이다. 적어도 이 시인의 시를 놓침 없이 만나려면 그러는 편이 좋겠다. 일견 비대한 관능적 이미지와 메타포들의 산란으로 걸음을 붙드는 이 시인의 시들은 그 빛줄기를 뚫고 안쪽에 당도하려는 노고를 지닌 이에겐 은

---

1 '피부-벽'에 관한 이와 같은 사유는 디디에 앙지외 저, 권정아·안석 공역, 『피부자아』, 인간희극, 2008, pp.76-91에 빚지고 있음을 밝혀 둔다.

밀한 살갗을 열어 보인다. 짐짓 강렬한 "화장"(「게이샤, 꽃」)을 한 '나'의 것인데, 어쩐지 거기엔 "질 나쁜 낙서가 가득"(「버진 로드」)하다. 여기 어떻게 닿아야 할까.

돌출된 부분부터 짚는다. 관능적 이미지들이 우회 없이 부딪혀 온다. 많은 '나'들이 '나를 ─ 해 줘(요)'라는 구문을 앞세워 일으킨 욕망의 파랑이다. "Lick me!"를 포함해 "한 손바닥 안에서 물크러지는", "긁어 줄게", "뺨을 비비는 건", "볼을 코앞에서 흔들어 줘", "네 볼만큼 예쁜 게 또 있니"와 같은 감각적 표현의 행렬(「Oh, My Zahir!」)로 형태가 선연해진다. 여하한 지성의 거드름이나 관념의 참견이라면 불순물처럼 걸러 낸, 구체적이고 순도 높은 육체의 욕망. 이 육체성에만 붙들린다면─물론 그 또한 이 시집을 나쁘지 않게 통과하는 방식이겠으나, 우리는 시인이 (어쩌면 다분히 비평적 레토릭을 위해 고안되었을지 모르는) 시단의 특정 계보나 계보에 놓인 시인들과 얼마나 닮았는지부터 헤아리고 싶어질지 모른다. 그러나 욕망에 관한 한 섬세한 독법은, 언제나 그것이 흘러나오는 곳과 흘러 나가는 곳까지 더듬으려는 시도 안에 있었다. 이제 우리는 욕망의 인과율로 들어간다.

딸기밭을 걷고 있어
자박자박 네게로 가는 길이야
네게선 절망적인 맛이 나는구나
11월의 모든 날은 너를 위한 거야

그러니 날 마음껏 다뤄 줘

고양이처럼 내 쇄골을 핥아 주면 좋겠어

까끌까끌한 네 혀에선 핏빛이 돌겠지

한번 으깨진 마음은 언제쯤 나을까

궁금한 게 너무 많아서 나는 나를 설득할 수가 없어

그래도 네게선 딸기향이 나

세상이 조금 더 우울해지고 있는데도

너는 맛있고 맛있고 맛있어

심장이 뛰어

어느 날 내가 숨을 쉬지 못하면

얌전한 키스를 하면 돼

맛있겠다

그런 식으로 바라보지 마

너는 미소 짓는 법을 다시 배워야겠구나

푸른 박쥐처럼 날고 싶어

밤이 오면 나방 떼처럼 아무 곳이나 쏘다니겠지

온몸에 멍이 들고, 눈물로 얼룩진 발목

쓰다듬어 줄래?

관자놀이 밑을, 턱 선을, 감은 눈을

그러니 날 마음껏 다뤄 줘

나는 늘 아파

아파

"날 마음껏 다뤄 줘"라는 요청이 두 번 시선에 걸린다. '나'는 '너'에게 내 몸을 다루는 방식에 관해 일러 주기 위해 이 문장을 끌어들이는 중이다. 엄밀히 말하자면 설명도 명령도 아니다. 요청이라 했으나 종종 절박해 보이기까지 하는 부탁이어서 발화자를 피학적 성애 내지 역할놀이 안에 가두는 것처럼도 보인다. 그러나 행의 배열에 눈길을 두면 조금 다른 사정을 알아차리게 된다. 마지막 연에서 이 진술은 나의 '상처' 사이에 포개어져 있다. 말하자면 '나'는 "온몸에 멍이 들고, 눈물로 얼룩진 발목"을 지닌 채로 "관자놀이 밑을, 턱 선을, 감은 눈을" 누군가 "쓰다듬어" 주기를 바란다. 그다음 "그러니"를 동반한 채로 "날 마음껏 다뤄 줘"라는 말이 따르는 것이다. 마지막엔 다시 "나는 늘 아파/아파"라는 고백으로 덮인다.

얼핏 인과관계가 없어 보이는 이 행들이 인과를 가지면서 우리에게 적어도 두 개의 비밀을 쥐어 준다. '나를 — 해 줘(요)'라는 적나라한 애욕의 진술이 실은 "아파"라는 신음의 이형(異形)이라는 것, 그렇게 위장해야 안고 살 수 있는 무자비한 상처가 '나'에게 있다는 것. 또 "마음껏"이라고 했지만 그것이 이 시에서만큼은 한정된 테두리를 가진 부사라는 것, 말하자면 화자가 행위의 (최소한의) 전제를 정해 두었는데 거기엔 '쓰다듬는 일'이 포함되어 있다는 것. 실은 이 은밀한 심지에서 거의 모든 시가 점화된다고

해도 좋겠다.

욕망이 흘러나온 곳으로 발을 옮기기 위해서라면 앞의 것에 대해 먼저 물어야 할 것 같다. 강렬한 빛이 떠나며 남기는 잔상처럼, 세찬 표현들 안에 비밀의 윤곽이 있다. 시는 '나'의 성적(性的) 행위들을 악착같이 끈질기게 그려 내지만 그로써 얻어지는 것은 향락과 거리가 멀다. 내가 뱉는 감탄사는 자주 과장되어 있고 뾰족한 농담이나 발랄한 위악도 이따금씩 피로의 껍질처럼 느껴진다. 그런데도 '나'는 그것을 그만두지 못하는 것이다. 지겹되 반복해야만 하는 놀이처럼. 흡사 외상(trauma)을 지닌 아이의 놀이 같다고 할까. 명랑하고 자유로운 일상의 놀이와 다르게 냉혹하며 쉽게 중단될 수 없는 것이 그것이다. 대개는 같은 내용이 변주되는데 그 교집합이 종종 상처의 형태를 암시하기도 한다.[2]

어쩌면 우리는 "날 마음껏 다뤄 줘"라는 욕망의 기록— 상처의 무늬를 마주하고 있는 것이 아닐까. '소녀'를 통해 발화되는 두 편의 시, 「자궁 폭력」과 「늪, 야상(夜商)」이 그 기미를 속삭여 줄 것이다. 좀처럼 인접해 있지 않은 이미지, 감정을 휘발시킨 은유적 단어의 나열로, 시들은 참혹한 기억을 돌이켜 발설하려는 누군가의 목소리처럼 끊어질 듯 이어져 있다. 고통은 그렇다. 언제나 막힘없는 이야

---

2 외상 이후 놀이에 관해서는 주디스 허먼 저, 최현정 역, 『트라우마』, 열린 책들, pp.77-78 참고.

기가 아니라 부서진 감각들로 과거에 조각조각 박혀 있는 것이다. 우리는 그로부터 화자에게 "몰라주었으면" 하고 바라는 "얼룩", 즉 상흔이 있고 그것이 지시적이든 환유적이든 (이들 시에서라면 젠더와 관련된) 관계의 폭력으로부터 비롯되었다는 것을 듣는다. 그리고 "앓은 꿈, 곪는 늪"이라 쓰인 「늪, 야상(夜商)」의 마지막 행은 꿈처럼 늪처럼, 상처의 기억이 무한 재생될 것만 같은 외로운 예감 속으로 우리를 잡아 이끈다.

짐작대로 이 시집이 피를 가장한 눈물 시들의 군락이라면 '나'의 욕망이 흘러갈 자리는 정해진 것처럼 보인다. 상처에서 비어져 나온 욕망은 자주, 언젠가 선로가 끊겨 있을 줄도 모르고 파국으로 돌아봄 없이 직행한다. 복수를 동력 삼고 파괴를 장비해 도착할 수 있는 곳이라면 치유가 아니라 자멸일 텐데, 설령 그것을 안다 해도 욕망은 멈춤도 충족도 모른다. 그렇다면 '나'의 일은 어떠한가. 이쯤에서 옮긴 시로 돌아가야겠다. '나' 또한 폭력에 "온몸에 멍이" 든 채로, "으깨진 마음"이 좀처럼 나을 수 없음을 안다. "그래도", "세상이 조금 더 우울해지고 있는데도" '나'는 어쩐 일인지 "네게로 가는 길"이다. "그래도"와 '그런데도'를 반환점 삼아 '나'의 욕망이, 손쉽되 위태로운 결말로부터 선회하는 장면이라 해도 되겠다. 선회는 '나' 쪽으로도 '너' 쪽으로도 다감하게 이루어진다. 이것은 고달픈 다행이다. 그래서 "핏빛"이고, 또 한편 "딸기향"일 것이다.

지독하고 유려한 낙서

1943년의 바르샤바의 봄. 속절없이 절멸 수용소로 보내지던 유대인들이 암약했을 때 게토의 기록관을 담당했던 사내, 에마뉘엘 린젤블룸도 응당 죽음을 맞았다. 다만 그는 죽기 전 우유 깡통에 제 연대기를 넣어 땅에 묻어 두었는데 거기 이렇게 쓰여 있었다. 모두가 자꾸만 끄적인다. 심지어 아이들까지도. 이견 없는 필사(必死)의 필사(筆寫)였다. 생의 마지막 순간이 정해진 채로 낙서에 골몰한 사람들. 돌조각이라도 손에 쥐면 수용소 벽에, 보급품 상자에, 생리대에 비명을 각인해 나간 그들. 아우슈비츠에도 벨젠에도 트레블링카에도 낙서가 유언처럼 남았다고 했다. 그러자 나치는 종내 글자를 새길 만한 도구라면 무엇이든 감옥에서 치워 버렸는데, 그것이야말로 철저한 죽음이었다. 이 이야기를 전하며 로맹 가리는 이런 문장으로 글을 시작했다. "지옥에 벽이 있다면—'지옥'이란 단어는 경계선이란 개념을 배제하므로 지옥에는 벽이 없다—나는 레지스탕스가 했을 법한 첫 번째 일은 낙서라고 말하겠다."[3]

살아 있는 것들이 궁금할 때가 있다

---

3 이 내용은 1980년 4-6월에 열린 '레지스탕스와 강제 이송' 전시회를 위해 로맹 가리가 쓴 글을 재구성한 것임을 밝혀 둔다. 로맹 가리 저, 이재룡 역, 「지옥에 벽이 있다면……」, 『인간의 문제』, 마음산책, 2014.

붉고,

생기롭고,

녹물이 흐르지 않는,

게이샤의 미소를 닮은 것들

꽃 무덤이 된 작약밭을 걷다가

어떻게 숨을 쉬어야 하는지 잊어버렸다

공손하게 묻는다,

생에,

더 아름다울 것이 있습니까

낭자하게 향기를 흘리면서,

더욱 희게 화장을 하고,

샤미센을 울릴 때,

불현듯 살아 있는

게이샤

―「게이샤, 꽃」 부분

붕괴된 관계는 나를 무너뜨린다. 몸에 박힌 기억이 마음의 형편을 헝클어 놓을 때 나는 나를 나로부터 분리시켜 "이인증"(「플로럴 폼이 녹는 시간」)을 앓거나 존재의 이유를, 살아 있음의 의미를 거듭해 되물을 수도 있다(「최후의 징벌」, 「장마」). "내가 누군지 몰라"(「붉은 그림자들」)라고 되뇌는 '나'의 모습이 그와 같은 상처의 후유증이다. 그래서일 것이다. 시집의 '나'들은 종종 삶과 죽음이 번갈아 밀려드는 해안선에서 파고를 견디며 서 있다.

"게이샤의 미소"는 "붉고,/생기롭고,/녹물이 흐르지 않는" 삶(eros)의 표상이라 했다. 이 말은 곧 이렇게 번복된다. "낭자하게 향기를 흘리면서,/더욱 희게 화장을 하고,/샤미센을 울릴 때"에야 "불현듯 살아 있는/게이샤". 늘 살아 있는 존재가 아니었던 것이다. 살아 있음을 광고라도 하듯 치장할 때 '문득' 살아 있을 수 있다. 삶이 시들지 않도록 방부 처리해 둔 박제(thanatos)랄까. 옮기지 못한 시의 뒷부분에 이르면 우리는 화자가 게이샤, 화장을 '쓰고 벗는' 존재임을 알게 된다. "게이샤를 벗는 밤이면,/나는 다시 작약밭에 갇혀/하루치의 죽음에 기생할 뿐"이라 한다. '나'는 짙은 화장과 향기를 흘려 삶을 가장하는, "간간이 살아 있"다가도 "하루치의 죽음에 기생할 뿐"인 존재이다. 뒤집어 말하자면, "살아 있는 것들이 궁금"해 향기를 흘리고 희게 화장을 하는 것으로 삶을 확인하는 존재이다. 이 화장은 우리에게 '낙서'의 징후로 넌지시 건네진다.

망가져야 해

거울에 반사된 내 알몸이 식상해 그럴 때면 애인의 물
건을 훔치곤 하지 대리운전 번호가 찍힌 라이터나 면도기

또는 자위를 하고 난 뒤의 휴지 뭉치 그게 아니어도 좋아 잘 입지 않는 드로즈 팬티나 페라리 블랙 냄새가 미미하게 묻어나는 커프스 한 짝 비교적 작고 사소할수록 좋아 눈치 채지 못할 정도의 가벼운 것들

훔쳐 온 가위는 유용했지 내 흑발 머리를 들쭉날쭉하게 만들었어 생머리 여자들은 주로 간교하거나 신경질적이지 올곧은 몸을 돌보거나 지키지 난 그런 여자들에게서 매너 리즘을 느껴

지겨워지겨워지겨워(데이트가) 지겨워지겨워지겨워 (브래지어가) 지겨워지겨워지겨워(흔들리는 젖가슴이) 지겨워지겨워지겨워(지겨워)

더 망가져야 해

훔쳐 온 식칼에 내 이름을 쓰고 싶어, 기억이 안 나, 사 람들이 나를 말레나라고 불러, 내 이름을 나는 영영 몰라, 섹스는 질려, 자궁으로 식칼을 밀어 넣는 편이 낫지, 거기 엔 환멸이 없어, 뻔하지 않은 상처와 흉터는 아름다워

오늘 밤,
난 드로즈 팬티를 입고 장미 덩굴을 밟아
살갗을 터트리는 그 수많은 가시들,

발바닥에 엉기는 피가 속살거리며 되묻곤 해

넌 아직도 죽지 못했니?

병신,

오, Merde!

나날이거부하는것들이많아졌고그거부에내가있고네가
있어(도대체얼마나더저질이어야하는거지?)거울은깨졌고
사실난점점사라지는연습중이야죽을날짜를고민하는여자
는까다롭지도않아깨진거울의파편에침이나뱉자개같아똥
이나빨아!(항문이주는구원도퍽낭만적이지않아?)

　　내일은 또 어떤 방식으로 사랑스러워져 볼까

　　　　　　　　　—「블랙커프스홀—Pour Malena」전문

　이 시는 시집의 진입로이지만 '나'의 의지로 열린 입구
이기도 하다. '망가져야 한다'는 강박을 지닌 누군가가 있
다. '나'는 "머리를 들쭉날쭉하게 만들"거나 "살갗을 터트
리는 그 수많은 가시들"을 밟기로 한다. 타인에 의해 망가
진 것이 아니라 스스로를 망가트리려는 것이어서 얼핏 마
조히즘(자신을 향한 사디즘)의 기색으로도 닿아 온다. 그러나
이유를 들으면 사정이 좀 달라진다. "거울에 반사된 내 알
몸이 식상"했기 때문이라 했다. "너무 무사한 것들이 싫어
졌"(「버진 로드」)기 때문일 수도 있겠다. '식상한 것', "무사

129

한 것"이라면 제 이름을 몰라 말레나⁴ 같은 이름으로 불리게 내버려 둔 삶이다. 그 "매너리즘"으로부터 떠나기 위해 '나'는 자기 훼손을 감행한다.

지독하고, 유려한 낙서인 것이다. 강제된 낙인이 아니라 자발적 문신(文身)이다. "올곧은 몸을 돌보거나 지키"는 이들은 할 수 없으므로 혹자에겐 질 낮은 것으로 간주될지도 모른다. 그러나 이 "뻔하지 않은 상처와 흉터"는 '나'의 증거인 까닭에 도무지 외면할 수 없는 아름다움으로 나아간다. 문신은 나의 확인을 위해 '나'의 표면에 고통을 새기는 일이다. 내 몸의 주인이 나임을 발견하는 뜻밖의 찰나이다. 이와 같은 훼손이라면 확신의 이음동의어일 것이다. 이로써 "거울은깨졌"고 "거울에 반사된" 나도 "거부"된다. "발바닥에 엉기는 피가 속살거리며 되묻곤 해/넌 아직도 죽지 못했니?"라 했던가. 이렇게 다시 들린다. '발바닥에 엉기는 피가 속살거리며 되묻곤 해/넌 여전히 이렇게 살아 있구나.'

폭력의 세계를 유비하는 가위와 칼, 가시로 자해를 감행하는 까닭에 이 시는 언뜻 '나'의 욕망이 또 다른 폭력으로 기울어 감을 암시하는 것처럼 보이기도 한다. 분명 칼을 부러뜨릴 수도 누군가를 해할 수도 있었을 것이다. 그

---

4 '말레나를 위하여'라는 부제는 이 시의 외연을 동명의 영화「말레나(Malena)」(2000)로 확장시킬 수도 있다. 창녀라 불림으로써 창녀가 되어 간 그녀는, 타자의 시선과 폭력에 의해 훼손된 육체 그 자체였다.

럼에도 '나'는 그저 그것을 "훔쳐" "내 이름을 쓰고 싶"다
고 했다. '나'는 상처 입은 자가 쉽게 함몰될 수 있는 파괴
의 욕망을 위반한다. 낙서-문신은 그 위반의 기록이다. 이
견 없는 필사의 필사다. 로맹 가리의 문장을, 이 시집을
위해 다시 적어야겠다. 우리에게는 완전히 몰수당하기 어
려운 벽이 있으므로 내가 할 수 있는 최후의 일은 내 몸에
낙서하는 것이라고 말하겠다. 비로소 이 벽-몸을 발견한
사람만이 할 수 있는 사랑에 관해 말할 차례다.

사랑이 없어 사랑은 있음을

　욕망만 있고 사랑은 없다. 시집과의 첫 대면에서 그렇
게 생각했다. 시인은 사랑이라는 말을 곧잘 다루지만 대
체로 그다지 어울리지 않는 '불길', '죄(악)' 등의 수사와 나
란히 서게 한다. 해서 그것은 사랑이라기보다는 사랑의
가장(假裝)처럼 보이고 들린다. 물론 욕망과 사랑의 분기
점은 늘 모호하다. 욕망과 사랑은 종종 서로의 이름으로
도 불린다. 누군가를 사랑할 때 그를 욕망의 대상으로 삼
은 것은 아닌지 의심하기도 하고, 누군가에 대한 욕망으
로 가득 차 있으면서 그를 사랑한다고 착각하기도 한다.
　다만 구태여 우리가 둘을 구분하려 한다면, 사랑 내지
욕망을 이유로 동행되는 관계의 내부를 들여다보는 것이
좋겠다. 사랑도 욕망도 상대를 전제하지만 욕망하는 나
는 필요에 따라 너를 언제라도 소유하거나 방기할 수 있
다. 가령 나라는 잣대로 너를 판별해 보고 내게 없는 것이

너에게도 결핍되었음을 발견하면 고민 없이 떠난다. 반대로 사랑하는 내가 지닌 것은 수평자다. 나는 관계의 기울기를 측정하고 우리를 같은 높이에 마주서게 한다. 너의 결여는 나의 결여와 동등하게 존중되며 때로는 기꺼이 내 부족을 용인하는 핑계가 되어 주기도 한다. 소유욕은 있어도 소유애는 없는 것이다.

　이 시집의 시들은 '사랑해' 대신 '사랑해 줘'라는 말로 욕망이 사랑의 자리를 점거했음을 단언하는 듯하지만, 욕망의 실패라면 모를까 사랑의 불능을 말하려는 것은 아닐 것이다. 시집과 몇 차례 재회한 후 그렇게 생각했다. 그래서 시인은 이 세계의 사랑 같은 건 "방 한 칸의 시세만큼"의 "애인 행세"(「바나나 실루엣」)일 뿐이라고 실컷 멸시하면서도, 영원한 사랑을 믿는다는 듯 "네게서 무용한 것은 하나도 없었어/네 분위기마저도"(「너는 없고 네 분위기만 남았어」)라고 한껏 순정하게 말할 수 있었을 것이다.

　　네가 낯설지 않아

　　나를 보는 것 같아서 좋아

　　내게서 너를 본떴거나

　　네게서 나를 훔쳐 왔다거나

　　어떤 식으로든 우리는 닮아 있어서,

　　너무 기쁜데,

　　이국적인 기분이 드는데,

　　너를 또는 나를 도대체 무엇을 사랑하는 게 이렇게

어둡고 숨 막히는 반짝임이었나, 우리는
골몰해 볼 필요가 있어

입술이 겹쳐질 때마다 느껴,
이 관계가 나팔꽃처럼 시시해지지는 않을까

빗소리가 뜨겁게 바닥을 달굴 때
물고기의 호흡법으로 간신히 생을 견디는 너와
부피도 없이 밀도만으로 살아남은 나를,
굳이 둘로 쪼개지 않아도 됨을 깨닫고.
나를 위로하기 위해
너를 내 풍경에 구겨 넣고,
나날이 낯빛이 흐려지는 카나리아처럼
우리는 우울한 식사를 했지

"공기가 시들고 있어."
"뭐가?"
"우리가 불가능하다는 신호야."

　함께일수록 서로를 칭할 말을 모르게 돼, 둘이어서 안
되는 것이 불어날수록 깨끗한 환청이 매일 찾아와, 내 마
음을 오려 교회에 숨겼지만 복사된 마음이 더욱 멀쩡히 살
아 있고, 나부끼는 밤마다 너를 안았지만 차가운 네 뺨이
말하고 있어

너의 메아리에 지나지 않는 나의 끝,

나의 종말.

—「데칼코마니」 전문

　모질고 억척스러워 보이던 '나'가 머뭇거리며 조심스레 '너'의 앞에 선 것이 애틋하고 이채롭다. 네가 꼭 "나를 보는 것 같아" 기쁘다고 했다. 닮음을 발견하려면 먼저 나(너)를 너(나)에게 겹쳐 놓을 수 있어야 한다. 포개진다는 것은, 적어도 우리가 동일한 위치에 있음을 담보한다. 그러다 문득 나와 어긋나야 할 너로부터 무엇이든 나와 비슷한 부분을 발견할 때, 그것이 유독 "간신히 생을 견디는 너"와 "부피도 없이 밀도만으로 살아남은 나"의 내면을 할퀴어 온 어떤 상실과 결핍이라면, '나'는 전에 없이 낯설면서도 더할 나위 없이 기꺼운 마음이 되는 것이다. 때론 상처로 연루된 '우리'만이 가장 순진해서 상처로 굴절되지 않은 사랑은 사랑일 수 없을 것만 같다. 그 마음이 시에서는 "어둡고 숨 막히는 반짝임"이라고 아름답게 글썽인다.

　그러나 아주 사소한 계기로도 사랑과 욕망은 쉽게 자리를 바꾼다. '나'와 '너'의 겹쳐짐이 "나를 위로하기 위해/너를 내 풍경에 구겨 넣"는 일이 된다면, 그것이 "우리가 불가능하다는 신호"일 것이다. 네가 내 앞에서 온전히 너로 존재할 수 없는 것, 하여 내가 "너의 메아리에 지나지 않는 나"인 것. 사랑의 종말은 그렇게 온다. 다만 포기가 아니라 의지로 길을 낸 시다. 종말로 끝나는 것이 아니라 방황의 자리에서 시작한다. "함께일수록 서로를 칭할 말을 모르게" 된다는 '나'의 말이 소중한 징조다. 이렇게 번역해도 될까. "나도 모르는 외계어로 너를 애무"하기 위해 "우리의 언어를 고민"한다고(「상실의 시대」). 욕망과 사랑의 각축장에서 '우리'의 자리를 발명하려는 탐색 같다.

> 어쩌면 신발의 치수를 찾아 헤맨 나(당신)의 발은 최후의 결백하고 늙은 증여물일까 덩그러니 가장 침묵한 상태로의 당신(나)……자국이 미로를 연다 모국어로 난봉을 부리는 내 입술보다 십자가처럼 신성하고 한결 진실에 가까운 당신(나)의 언어는 더 이상 서두르지 않는다 먼지에 둘러싸인 둘러싸일 당신(나)은 새벽 3시마다 맨발로 잃은 꿈을 밟는다
>
> ―「맨발……자국」부분

언어는 우리를 앎으로 이끌고자 한다는 것을 변명삼아 때로 우리의 느낌을 막아선다. 이 시집의 '나'들은 자주 맨발이거나 맨살을 내보이는데, 입(언어)의 교류보다는 입술(감각)의 교감을 바라기 때문일 것이다. 인지가 대개 주어나 목적어의 자리에서, 감각이 거의 서술어의 자리에서 발생한다는 것을 염두에 두고 이 시집을 처음부터 서술어만으로 다시 읽어 볼까. 대부분의 '나'가 '긁거나' '핥고' '깨물거나' '살결을 비비는 것'으로, 말하자면 만짐과 만져짐

을 통해 '너'와 조우하는 데 골몰해 있다. 서술어로 주어를, 감각으로 인식을, 사랑으로 욕망을 초과하는 시집의 일이 이러한 것이다. '같음'도, '다름'도 손쉽게 우리를 옭죄거나 갈라놓는 폭력이 되는 세계에서, 우리의 마주침이 어떤 헛된 왜곡도 없이 진심으로 향할 수 있게끔 '아는' 길 대신 '닿는' 길을 내주려는 듯 시인은 시를 쓴다. 그러고 보면 나도 선명한 앎 안에서가 아니라 모호한 느낌에 물들었을 때, 당신을 더 절실히 사랑한다고 믿었다.

닿아 겹쳐지는 시

눈을 가린다. 잔영을 머금은 어둠이 시야를 장악한다. 당신은 온전히 나를 볼 수 없을 것이다. 귀를 막는다. 점점이 비어져 나오는 바람 소리가 숨까지 막아선다. 당신은 온전히 나를 들을 수 없을 것이다. 그러나 정말 그럴 뿐인가. 온전히,라는 저 완고한 부사만 너그러이 거둬진다면, 당신은 여전히 나를 보고 듣는 중이다. 살갗에 부딪히는 공기로 당신은 우리를 한데 머물게 하는 마음의 기후를 짐작한다. 그 온도로 우리 사이의 거리를 가늠할 수도 있다. 만일 내가 영영 멀어지려 한다면 당신의 앎은 내가 걷는 방향을 앞서 헤아릴 수 없겠지만, 당신의 느낌은 두려운 예감으로 이별을 묵시할 것이다. 이렇게 우리가 닿을 수 있음을, 어깨를 맞대고 시집을 떠나는 우리는 이제 안다.

그러고 보면 우리는 한 권의 시집이 아니라 한 장의 "투사지"(「세기말의 연인들에게」)를 지나왔을지도 모른다. 포개어질 수 있도록 한없이 투명해진 시(인)의 슬픔에, 기억의 심연을 저어 세월의 해파에도 좀처럼 씻겨 나가지 않았던 저마다의 슬픔을 꺼내 얹어 두면서. 슬픔이 날개같이 겹쳐진다. 앓는 꿈조차 나비처럼, 영원처럼 사랑스러워진다.